恩送りの人生

On-okuri no Jinsei

金嶋昭夫

Akio Kaneshima

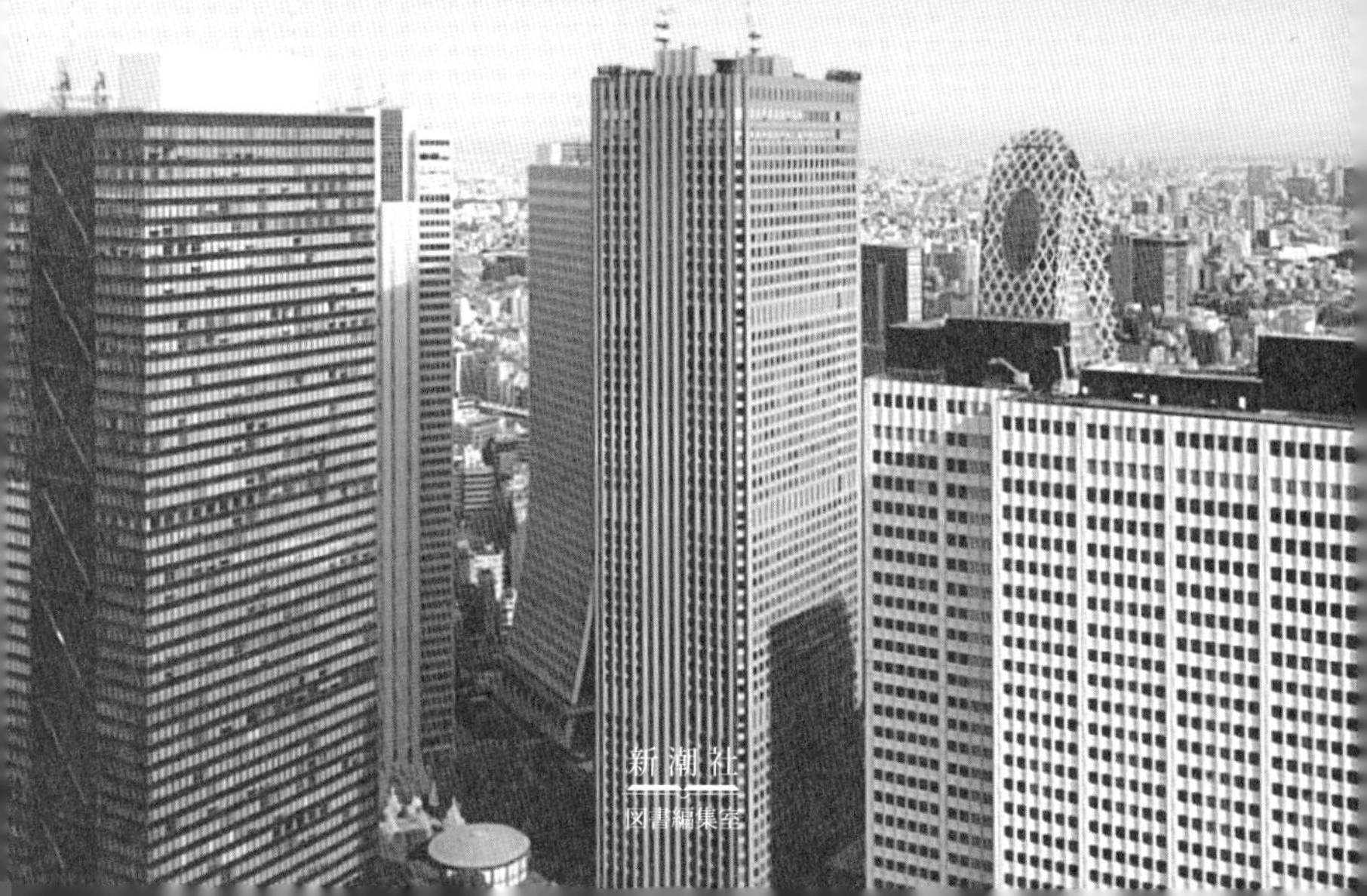

新潮社
図書編集室

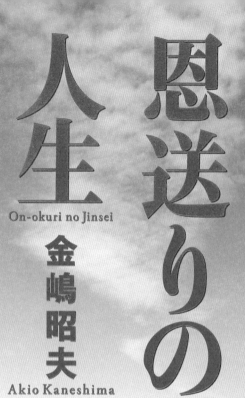

まえがき

私は1945年6月12日、茨城県の下館町《しもだてまち》（現在の筑西市《ちくせいし》）に、6人兄妹の次男として生まれました。父が毎日浴びるように酒を飲み、仕事に出たことは一度もなく、母が必死に働いて私たち子供を育ててくれました。そのためたいへん貧困な家庭で、毎日、食べていくのがやっとの生活でした。

そんなある日、私が小学校3年生の時に、母が青酸カリを用いて、子供たちと無理心中を図ろうとします。私はもちろん、子供たち全員で母を必死に止め、やっとのことで思いとどまってくれました。不安で眠れない夜を過ごした翌日の早朝、母の言いつけで隣町に向かっていた私は、畑の中の一本道で泥まみれになった千円札数枚を拾います。このことがその後の人生を大きく変えた、私の人生の原点だと思っています。

おかげさまで今年、喜寿を迎えることができました。山あり、谷ありながらも、私がこれまで人生を歩んでくることができたのは、母の愛情の温かさ故だと思っています。女手ひとつでたいへんな苦労をしながら私たち6人の子供を育ててくれた母の愛情こそが、私の人生の源泉となっています。

そして21歳で起業してから、多くの方々との出会いに恵まれました。ご縁をいただきお会いした数えきれないほどの方々に助けられて、今日まで商売を続けてくることができました。今でもみなさまには、感謝の念に堪えません。

75歳の時、そんな私に素晴らしいチャンスが巡ってきました。若い時には決してできなかった歌手デビューです。幼少の頃は家庭が貧しかったので、兄妹で楽しく遊べるような玩具などはまったくありませんでした。そんな暮らしの中でラジオから流れてくる歌を聴き、覚えたての歌を歌っている時は楽しい気持ちになることができ、不思議と笑顔になれたものです。私の歌を聴いてくれた母や学校の友達も、笑顔になってくれました。私はそれがとても嬉しかった。歌は笑顔になれる、人々に笑顔を届けることができると、その時に強く感じました。その頃から私のそばには常に歌がありましたが、まさか歌手デビューができるとは夢にも思っていませんでした。ここからまた私の新しいチャレンジが始まったのです。

まえがき

76歳での歌手デビュー、一企業家として77歳を迎えたことで、多くの方々に改めて感謝の気持ちを伝えたい、自分の人生を振り返ってみたいと思い、筆を執りました。

幼少の頃は食べるのもやっとだった家庭で育った私が、こうして商売を続けています。子供にも孫にも恵まれ、幸せな毎日を送っています。人生で大事なことはコンプレックスに負けないことです。貧困な家庭、進学できない悔しさ、多くのコンプレックスが私を強くしてきました。そんな私のこれまでの歩みが、読んでくださる方々の人生に、少しでも役立てていただければ幸いです。

恩送りの人生　目次

装幀写真　筒口直弘
（新潮社写真部）
装幀　郷坪浩子
本文写真　著者提供

恩送りの人生

第一章　泥まみれの千円札が切り開いた私の人生

運命を変えた畑の中で拾った数枚の千円札

「千円札だ！」

そう思った瞬間、私は道路に落ちていた数枚の千円札をギュッと鷲摑みにしてポケットに突っ込みました。

小学校3年生の時に拾った、夜露に濡れて泥まみれだった千円札。これが私の人生の原点だと思います。この数枚の千円札がなかったら、おそらく今の私はいなかったでしょう。

私は茨城県の北西部にある下館町に生まれました。平成の大合併を経て、現在は筑西市になっています。家のまわりには何もなく、遠くまで田畑が広がっていました。私は6人兄妹の3番目で、上には姉と兄、下には妹と弟が2人いました。父はまったく仕事をせず、家で一日中、酒を飲んでばかりいる人でした。そんな家庭を支えるため、母がひとりで朝から晩まで必死に働いて、私たち兄妹を育ててくれていました。

「お父さんはなんで働かないんだろう」

子供心にそんなことを思いながら過ごしていました。そんな私が小学校3年生のある夜、母が私たち子供を座らせると、水の入ったどんぶりを持ってきました。

「この中には青酸カリが入っているの。母ちゃんはもう疲れた。これを飲んで死のうと思う。でも母ちゃんがひとりで死んだら、残されたお前たちが父ちゃんにいじめられてかわいそうだから、一緒に死のう」と、言ったのです。

母はいつでも死ねるようにと、普段から青酸カリを持ち歩いていたようです。私はまだ子供だったのでそんなことはまったく知りませんでした。母は本当に身も心も疲れ切ってしまっていて、もうこれ以上は無理だと思い、やむを得ず、無理心中を決意したようでした。

まだ子供でしたし、状況が理解できなかった私は、嘘かなと思いました。しかし、姉がそのどんぶりを口元まで持っていった時に、これは嘘でも夢でもない、本当のことなのだと気が付きました。私は咄嗟《とっさ》に姉の手を止めると、母に言いました。

「母ちゃん、生きていればいつか良いことがあるよ。死ぬのだけは絶対にやめよう！」

あまりに突然のことでしたが、兄妹は誰もが死にたくなかったので、とにかく必死に母を止めました。死にたくない、死にたくない……。ただただ、そんな気持ちだったと思います。母はようやく思い留まってくれて、青酸カリの入ったどんぶりの水を、台所に流しました。

その日の夜は、布団に入って寝ようという気持ちにもなれず、そのまま台所で一夜を明かした記憶があります。

翌朝、やっと空が白んできた頃、兄はいつも通りに新聞配達に行きました。私は母に醤油を買ってきてとお使いを頼まれ、隣村まで買いに出ました。畑の中の一本道を歩いていると、道の真ん中に夜露に濡れて泥まみれになった数枚の千円札が落ちていたのです。これが最初にお話しした千円札です。

今、考えれば、私が拾った数枚以外にも千円札が落ちていたのかもしれません。でもその時は、千円札を拾ったところを誰かにみつかったら、この数枚の千円札も取られてしまう――。少なからず邪心もあってか、そんな気持ちだったと思います。今思えば警察に届けるべきでしたが、当時はただ夢中でした。お札を急いで鷲摑みにするとポケットの中にねじ込み、隣村へ急ぎました。

「早く母ちゃんにこのお金を渡したい」

そんな気持ちでいっぱいでした。

家に戻り、母に拾った数枚の千円札を渡すと、驚いた顔をしたあとに、私を力いっぱい抱きしめてくれました。その時の母の顔は今でも覚えています。とても喜んでくれて、本当に嬉しそうでした。

このことがきっかけなのかはわかりませんが、母はそれ以降「死のう」とは、二度と言いませんでした。なんとなく少し元気も出てきたように見えました。

私はこの時に、強く思ったのです。

もしあの時に死んでいたら、お札を拾うなんていう幸運には遭遇しなかった。きっとこれは「お前はしっかり生きなさい」と、神様があの数枚の千円札を拾わせてくれたのではないだろうかと。

当時のこの思いは今も私の根底にあり、すべての行動を後押ししてくれています。夜露に濡れた泥まみれのお札を拾ったことに、今も運命を感じているのです。

忘れられないナフタレンの匂い

私は酒ばかり飲んでいて働かない父のそばで、私たち子供のために必死に働いている母の姿を見て育ちました。収入も少ないためとても貧しく、生活は常に苦しいものでした。正直に言って、ろくなものを食べられない生活でした。

そんな貧しい生活でしたので、給食費も払えません。でも私はそのことを知らなかったので、毎日の学校の給食を楽しみにしていました。美味しいご飯をお腹いっぱい食べることができるからです。

ところがある日、先生が給食費を払っていない生徒の名前を読み上げると、私の名前があり、とても驚きました。家に帰ってから兄に話したところ「払うお金がない」

と言うのです。そして兄は「給食を食べなければ、給食費の請求をされないのではないか」と言い、母にこれ以上負担を掛けたくなかった私は、なるほど、そうすればいいのかと思うようにしました。

さっそく翌日から、給食を食べるのをやめました。〝やめました〟というよりは、〝我慢しました〟が正しいかもしれません。給食を食べないで教室にいると、友達から「なんで食べないんだ?」と聞かれるので、「お腹が痛いんだ」などと言って誤魔化し、給食の時間は教室から出るようにしました。校庭の水道の水をガブガブ飲んで、それでお腹を膨らませて過ごすようになりました。

そんなある日の帰り道。もう陽も暮れて、あたりは暗くなっていました。いつものように「お腹が空いたな」と思いながら暗い道を歩いていると、白い丸いものがコロンとひとつ、落ちているのが目に留まりました。

「これはしめた！　飴玉だ！」

私はそう思ってすぐに拾うと、急いでズボンで付いていた泥を拭いて、口の中に放り込みました。その瞬間、「うっ……」と口から吐き出してしまいました。

飴玉だと思って喜んで口に入れたのに、なんとも言えない味。白い丸いものは飴玉ではなく、ナフタレンだったのです。そう、防虫剤などに使われているあのナフタレンです。私は今でもナフタレンの匂いを嗅ぐと、あの暗い道に落ちていた白い丸いものを口に入れた時の味を思い出します。

給食を食べなくなってからは、お腹を空かせて下校する毎日でした。そんなある日、また先生から給食費を払うようにと言われたので、私は意を決して、職員室に行きました。そこで先生に正直に伝えたのです。

「うちは貧乏なので、給食費が払えません。だから給食は食べていません」

それを聞いた先生は、本当に驚いた顔をしていました。

「そんな無理はしなくていいから。明日からはちゃんと給食を食べなさい」

こう言ってくれました。

明日からまた給食が食べられる――。あの時は本当に嬉しかったです。お腹を空かせないで済むということが、とにかく嬉しかったのです。

「ひもじい」というのは本当に辛いものです。特に幼少の頃は、お腹が空いているのに食べられない、食べたくても食べるものがない、「ひもじい」という思いが、いちばん辛かったことです。

今、世界中に、食べるものがなく、飢餓に苦しむ子供たちがたくさんいます。そういったニュースを見たり聞いたりすると、当時の私と同じ思いをしている子供たちが、まだまだたくさんいるのだと、胸が締め付けられます。そんな思いから、私は少しでも飢餓に苦しむ子供たちの役に立てればと強く感じています。

ナフタレンの匂いと同じように、今でもよく思い出すのが雨の日のことです。繰り返すようですが、私の家はたいへんな貧しい生活だったので、家には傘が1本しかありませんでした。子供が6人いるのに、傘が1本しかなかったのです。

中学生の姉と兄は私よりも早く家を出てしまい、その1本しかない傘を、ふたりでさして学校に行ってしまいます。残された私には傘はありません。だから、雨の日は大嫌いでした。小降りならまだしも、土砂降りの日でも傘はありません。だからといって、学校を休むわけにもいきません。仕方がないので家を出ると、近くにあった馬頭観音という碑がある小さな小屋まで走って行きます。そこは道が交差しているため、どちらかから学校の友達がやってきます。私はその小さな小屋で濡れないように雨宿りをして、友達が来るのを待ちました。そしてやってきた友達の傘に入れてもらい、学校まで通いました。

子供の私が雨の日が嫌いだったのには、もうひとつ理由があります。友達は長靴を履いて学校に通っていましたが、私は長靴を持っていませんでした。貧しい我が家では長靴を買うお金がなかったので、兄や姉も同じです。だから私だけというわけにもいかず仕方のないことだと思っていましたが、私の足元は雨の日でも草履《ぞうり》でした。

雨の日は本当に冷たく、家に着く頃には足は冷え切っていました。ましてや畑の中の道を歩いて帰ってくるので、泥だらけ。馬頭観音の小屋で友達と別れてからは傘もないので、全身、頭から足の先までびしょ濡れ、泥だらけでした。

そんな思いをしたこともあり、私は今でも雨の日が嫌いです。

今でも残る頭の傷

小学校6年生の時に、それまで住んでいた茨城県下館町（現在の筑西市）から、東京都北区の王子へ引っ越しました。それまで、まわりは畑だけの場所で育ったので、初めての東京の風景はまったく違って驚きました。

東京へ引っ越して環境が変わっても、父が働くことはありませんでした。相変わらず母がひとりで働きに出て、生活を切り盛りする貧しい暮らしでした。

東京での生活はこれまでと何も変わらないのに、嫌なことが増えました。それは父が「勉強しろ、勉強しろ」と、言うようになったことです。教科書も買ってくれない。ノート1冊、鉛筆1本も買ってくれませんでした。それなのに「勉強しろ」と言うのです。

朝から酒ばかり飲んでいる父に「勉強しろ」と言われるのが、私はとても嫌でした。あの頃は父に対する反抗心みたいなものもあり、〝勉強しないことが父に対する反抗〟。

そんな気持ちだったと思います。

父との辛い思い出は他にもあります。私が学校から帰って姉や兄と小さな部屋にいると、酒に酔った父がやってきて、「正座をしろ」と言います。しかも、普通の正座ではありません。丸太ん棒を4つに割った角があるものを膝の裏に挟んで、正座をさせるのです。これが膝の裏に食い込んできて本当に痛く、まるで罪人に対する拷問みたいなのです。この頃の父親の存在は今とはまったく違ったので、現在では考えられないようなこともありました。

兄と姉はあまりの痛さにすぐに泣き出したため、許してもらえました。でも私は父への反抗心が強かったので、悔しくて父をキッと睨み返し、痛くて痛くて仕方なくても絶対に泣かなかった。父に負けたくなかったのだと思います。きっと父も、そんな私は可愛くなかったのだと思います。

ある日、こんなことが起こりました。この父からの仕置があった時、私が父を睨み返すと、父も睨み返してきました。私が負けまいと目を逸らさずにいると、父が「この野郎!」と言って、私を思い切りひっぱたきました。すると、母が驚いて飛んできて、私に「逃げろ！」と言ったのです。母に手を取られてその場から逃げ出したのですが、怒った父が投げつけた灰皿が運悪く私の頭に当たってしまいました。傷口から流れる血を見た母は、病院につれて行こうとしてくれましたが、もう夜だったので病院にも行けません。その時、台所から母が味噌を持ってきて、私の頭の傷口に塗ってくれました。すると、不思議なことに血が止まるのです。私はそのことに驚きながらも、母が必死に私の頭の手当をしてくれる姿を、嬉しいような悲しいような、なんとも言えない気持ちで見ていました。

父が手を上げるのは、決して珍しいことではありませんでした。朝から酒を飲んでは必死に働いている母に手を上げるというのが、見慣れた光景にもなっていました。今でいうＤＶだったのだと思います。おそらく父は一種のアルコール依存症だったのだと思います。朝から晩まで酒を飲んでいて、仕事をしている姿を一度も見たことがありませんでした。だから父親としては、残念ながら本当に尊敬できない人でした。

この時にできた頭の傷は、今も残っています。たまに何気なく頭に手をやった時、この傷口に触れるのです。そうすると、この時のことを鮮明に思い出します。

このことがあって以来、私の中でこんな思いが強く芽生えました。

「どんなことがあってもお母さんを守ろう。一日も早くお母さんを楽にしてあげよう」

とにかく誰よりも母を大切にしたいという思いは、この時から今まで変わっていません。当時の私がいくら父に反抗してみても、何かができるわけではありませんでした。それでも母を守るために、何かをしたかったのだと思います。母はそんな私を兄妹の中でもいちばんかわいがってくれました。もしかしたら必死に父に反抗する私の姿を見て、〝小さな味方〟だと思っていてくれたのかもしれません。こんなことが日常茶飯事の毎日でしたが、不思議と父のことを恨んではいません。私が父を恨まずにこうして素直に育ったのは、母の深い愛情のおかげだと、今でも感謝しています。

私が高校へ進学しても、相変わらず父は朝から晩まで酒を飲んでいました。こんな不摂生な生活を続けたためか、私が高校2年生の17歳の時に、父は倒れて病院に運ばれました。すでに肝硬変を患っていて、数日で危篤状態になりました。その時の父の顔は、真っ黄色。私が見ても病状が相当悪いことは、想像できました。医師の説明によると、すでに父は肝臓がんに冒されていて、末期であるとのことでした。

それから間もなくして、父は亡くなりました。

その時の私の心情を正直に申しますと、父には本当に申し訳ないのですが、悲しいというよりも、ほっとした気持ちのほうが大きかったです。もうこれで母がいじめられないで済む、叩かれないで済む、といった気持ちです。そしてあの日、母が青酸カリを入れたどんぶりを持ってきたこと、私が畑の中の道でお札を拾ったことを思い出しました。

「よし、これからはお母さんを大切にしなくちゃいけない。早く自分で稼いで、母を楽にしてあげたい」

父が亡くなったことで、私の中の母を大切にする思いは、より一層強くなりました。

高校卒業後、大学へは進学せずに、就職することにしました。とにかく早く働きに出て稼ぐことで母の役に立ちたいと思っていたので、迷いはありませんでした。

縁あって、私は母が勤めていたサントリーの子会社の「東洋果汁」（当時）に就職しました。しばらくは母と同じ工場で働いていたのですが、神奈川県相模原市に新しく工場を作ることになり、私はそちらで働くことになりました。会社の寮に入り、新しい生活が始まりました。

相模原の工場では、ジュースを入れる木箱を作っていました。その木箱を作る職人さんがたくさん勤めていて、私の仕事は職人さんたちを管理することでした。初めて母とも家族とも離れての生活でしたが、楽しく仕事をして過ごしました。

よく「初任給でこれを買いました」なんていう話を聞きますが、私は初任給で買ったものや食べたものを覚えていません。おそらく、何も買わなかったのだと思います。しかし、初任給をもらった時は本当に嬉しかった。これで少しは母の役に立てるかな、と思うと、嬉しくて仕方がなかったのです。とにかく母を助けたいという一心で働いていましたから。

初任給で母にプレゼントしたものはありませんが、私の給料はすべて母の預金口座に振り込んでいました。たまに仕事が休みの時に王子の実家に帰ると、母が預金通帳を見ながら、本当に嬉しそうにするのです。その姿を見るのが、私も嬉しくて嬉しくて。父に暴力を振るわれながらも一生懸命働いて、私を育ててくれたという感謝の気持ちがものすごく強いのだと思います。寮に住んでいたこともあり、余計なお金はほとんど使いませんでした。毎月お給料が出るとすぐに銀行へ走って、母の口座に給料を振り込みました。母が通帳を見て喜んでいる姿を想像するだけで、私も嬉しくなりました。

そんな生活がしばらく続いたある日、私に大きな出会いが訪れました。それは妻との出会いです。

私が住んでいた会社の寮の前に大衆食堂ができ、仕事が終わってから食べに行くようになりました。そこで働いていた女性が妻でした。その食堂は妻の長兄が経営していたので、高校2年生だった彼女がアルバイトに来ていたのです。お互いに一目惚れといいますか、どちらからともなく、自然につきあうようになっていました。

お互いの仕事帰りにデートを重ねていたのですが、ある日、彼女の両親に見つかってしまい、交際していることを知られてしまいました。私たちは真剣につきあっていたので、今すぐではなくとも、一緒になりたいと思っていました。その気持ちを正直に彼女の両親に伝えたのですが、「結婚はまだ早い」ということで、交際についても反対されました。見ず知らずの男がいきなり現れたら、娘の幸せを願う両親に反対されても仕方ないと思います。しかも妻の実家は立派な地主さんだったので、私の貧しい家庭環境も反対された原因だったのかもしれません。妻のご両親に交際を反対されてからはどちらからともなく足が遠のいて、1年ほど会うことはありませんでした。

そんなある日。突然妻が私の住んでいたアパートに訪ねてきたのです。高校2年生だった妻はその時高校を卒業して、すでに美容室で働いていました。

「両親を捨てて、あなたと一緒になる」

真剣な顔でこう言うわけです。もう家には帰らない覚悟で、荷物を持って出てきたと言うのです。そんな妻の覚悟を見て私はこう思いました。

「よし、この人を将来、社長夫人と呼ばれる女性にするぞ」と。

そう思ったら行動は早かったです。社長夫人にするためには、自分で会社を作らないといけない。よし、独立するぞ。

これが私が20歳、妻が18歳の時のことです。妻が私のアパートに意を決してやってきて一緒に住むようになってから、籍を入れました。私は勤めていた会社を辞めて、商売を始めることにしました。

バラック小屋で焼き肉屋兼焼き鳥屋を開店

商売を始めよう。

そう思った私は、土地がないと何も始められないと思い、まずは土地を借りることにしました。近くの地主さんを訪ね、「商売を始めたいのですが、土地を貸していただけないでしょうか」と、お願いに上がりました。20歳そこそこの見ず知らずの若い男が突然訪ねてきて、さぞ驚いたことでしょう。でも、若さと私の必死さに免じてか、快く、しかも安い価格で土地を貸していただけることになりました。今でもこの時のことはとても有り難く感じ、感謝しています。

なんとか土地を借りることができたので、次は建物です。しかし、私は給料をすべて母に渡してしまっていたので、ほとんどお金がありません。働いている友人たちを訪ね、「商売を始めたいので、お金を貸してほしい」と頼んでまわりました。

正直、土地も安くお借りすることができたので、なんとかなるだろうと思っていましたが結果はノー。あっさり断られました。何度、頭を下げに行ってもお金を貸してはもらえませんでした。

この時に私は思ったのです。そうか、お金は借りに行っても、簡単には貸してもらえないものなのだと。お金は人から借りるものではない、自分で貯めるものなのだと。それまでの私は働いて稼いだ給料はすべて母に渡していたので、自分でお金を動かして何かをしたことがなかったのです。お金は人から借りるものではなく、自分で貯めるもの。これが私の事業家としての出発点かもしれません。

そうは言っても、お金がなくては建物を建てられず、商売が始められません。なんとかしなければと考え、千葉に嫁いだ姉を頼ることにしました。姉が嫁いだのは土建屋さんで、事業としてはそんなに儲かってはいませんでした。

ただ、農閑期になると、近くのお百姓さんの息子さんたちが、作業員として手伝いに来るのです。その息子さんたちはお金を持っていたので、姉が「弟が商売を始めるのでお金を貸してもらえないだろうか」と、頼んでくれました。幸いにも良い返事をしてくれた人がいて、70万円ほどをお借りすることができました。

姉が必死に頭を下げて、借りてくれたお金です。一円も無駄にはできません。私はこのお金をどう有効に使おうか、何の商売を始めようか、頭を悩ませました。

そんな時、力を借りようと思ったのが妻の兄です。妻の三番目の兄は大工をしていたので、一緒に古材屋に連れて行ってもらいました。古材を安く買わせていただき、近所の家を参考に見様見真似でバラック小屋を建てました。妻の兄とふたりで古材やトタンを使って建てたのですが、自分たちの家を建てる作業は、とてもワクワクして楽しかったものです。

この作業と併行して、何の商売を始めるかを必死に考えました。私も妻も何か資格を持っているわけではありませんし、手に職があるわけでもありません。素人でもすぐに始められる商売は何かと考え、焼き肉屋さんか焼き鳥屋さんがいちばん始めやすいのではないかと。妻に相談したところ、「やってみれば」と賛成してくれたので、焼き肉屋兼焼き鳥屋を始めることにしました。

そこからは妻とあちこちの焼き肉屋や焼き鳥屋を巡り、少しの量を頼んでは、味付けや焼き方、タレの味などをいろいろと調べました。とはいえ、ふたりともド素人。家に帰ってからは、調味料を混ぜ合わせて味見をし、ああでもない、こうでもないと試行錯誤を繰り返しました。なんとか大丈夫だろうというところまでこぎつけ、妻とふたりで焼き肉屋兼焼き鳥屋を始めました。これが21歳の時のことです。私の事業のスタートでした。

なんとかお店を開店して、お客様も来てくれるようになりました。美味しいタレを作ってお出ししようと、閉店後も妻と味見を繰り返しましたが、今思えば、美味しくはなかったと思います（笑）。

さらに困ったのは雨漏りです。古材とトタンで作ったバラック小屋の店なので、雨が強く降るとすぐに雨漏りが始まります。防ぎようがないので、どんぶりやバケツを置いてなんとかその場をしのいで営業していました。味もイマイチ、雨が降れば雨漏りがする、そんなお店でした。それでもご来店いただいたお客様には、今でも感謝の気持ちしかありません。

閉店後はふたりともクタクタ。雨漏りのするバラック小屋で布団に潜りながら、ふたりでその日の残り物を食べました。そんな毎日は働きがいもあり、楽しくもありました。無駄遣いをしないで、少しでもお金を貯めていく――。商売を始める時にお金を貸してもらえなかったことで、その考えが根付いていました。

私は幼少期に、お腹が空いて食べたくても食べられないどん底の生活を経験してきたので、食べるものがあるだけで、食べたい時にお米があるだけで、十分幸せでした。妻もしっかり者だったので、そんな暮らしでも涙も愚痴もこぼさずについてきてくれました。

今思えば、妻と結婚したことが大きかったと思います。

「両親を捨てて、あなたと一緒になる」

そう言って私のところに飛び込んできてくれた妻。それ以来ずっと、絶対に幸せにしよう、「社長の妻」と呼ばれる女性にしようと、心の底から思っていました。若い時は何でもできるとよく言いますが、本当にそのとおりです。ただただ、がむしゃらに頑張れたのは、妻と結婚したことで責任感や勇気、事業欲、とにかくあらゆる力が湧き出てきたからでしょう。男性が成功するには良き妻と巡り合うこと、夫唱婦随で進むことが大きいのではないかと思います。

もうひとつは母の存在です。当時の私はとにかく節約をして、貯金をすることに生き甲斐を感じていました。それはお金を貯めて、その貯金通帳を母に見せるのが何よりの楽しみだったからです。私が頑張って稼いだお金が貯まっていることを母が本当に喜んでくれたので、それが母を喜ばすいちばんの方法だと思っていました。

韓国の習わしで、正月は必ずご先祖に感謝の思いを込めて法事を行います。結婚した後も正月は妻を相模原において、次女の由利子を連れて母のいる王子で正月休みを過ごしました。今で言う、マザコンに近いのかもしれませんね（笑）。

妻はというと、この頃からの節約癖が身に付いてしまったのか、自分を着飾るものにお金をかけたり、贅沢なことを一切しません。「もっと自分にお金をかけてもいいんだよ」と話しても、「これで十分」と、満足そうにしています。私もあまり着飾ることはしないのですが妻は女性です。今まで苦労をかけたぶん、もう少し着飾ってもいいのに……なんて、最近は思ったりもします（笑）。私はそんな妻に、今でも感謝しかありません。

店を始めてからしばらくは、毎日があっという間に過ぎていきました。その日の仕入れから準備、そして営業。店が終われば後片付けと、ふたりですべてをまかなっていたので忙しく過ごしていました。

女手ひとつで６人の子供を育ててくれた大好きな母。71歳の誕生日に胡蝶蘭をプレゼント。

店を始めてから1年が過ぎた頃には、長男が生まれました。子供ができたこともあり、外に出かけるような時間もありませんでした。お金を貯めることを第一に考えていたので、妻も「どこかに行きたい」と言うようなこともありませんでした。

そんな暮らしの中で、ふたりの楽しみだったのが映画を観に行くことでした。当時は、八王子（東京都八王子市）で、オールナイトで映画を上演していました。1週間に1度、店の休業日の前日は、片付けをすべて終わらせて子供を寝かしつけると、妻と映画館へ出掛けました。

あの頃は鶴田浩二さんや高倉健さんや梅宮辰夫さんが出演する任侠映画が大人気。メロドラマのような映画はありませんでしたが、妻と二人で観た映画は、1週間きちんと働いたご褒美のようなもの。当時はあの時間がいちばん幸せでした。足繁く通った映画館は、今でも懐かしく思い出します。

当時の楽しみとしてもうひとつ思い出すのが、子供を連れての家族でのキャンプ。相模原市内の河川敷に出掛けて、お弁当を広げて食べました。仕事一筋だったので、子供と多くの時間を過ごすことは難しかったのですが、河川敷やちょっとした山にキャンプに出掛けるのは好きでした。5月の連休は毎年、キャンプを楽しみました。

じつはこの家族でのキャンプは我が家の〝ゴールデンウィークの恒例行事〟になっていて、この頃から50年ほど経った今でも、毎年キャンプに出掛けています。おかげさまで孫も生まれたので家族も増え、大所帯になりました。今でも私は、家族でキャンプに出掛けて、河川敷や山で過ごすひとときを大切にしています。

第二章

一《いち》期《ご》一《いち》会《え》がつなげた事業の成功

相模原のバーテンダーから新宿・歌舞伎町の店のオーナーへ

店を始めて数年が経ち、おかげさまでリピーターのお客様も増えました。相模原で店を営む地域の友人もでき、順調な毎日を送っていました。

そんな時、とんかつ店を営んでいた友人が、酒を提供するバーに業種転換しました。とんかつ屋さんを改装したのでカウンターだけの小さなお店で、カウンターの中には女性が入って接客をしていました。私も仕事が終わってから何度か足を運んでいたのですが、ある日、友人からこんな話を聞きました。

「とんかつ屋よりもずっと儲かるよ」

私は人から「儲かっている」という話を聞くと、なんでも真似をしてやってみたがる性格です。この話を聞いた時に「よし、焼き肉屋兼焼き鳥屋はやめて、バーを始めよう」と、その場で決意をしました。

店はもとの店内を改装して、友人と同じようにカウンターを作りお酒を提供するお店を始めました。私がバーテンダーを務めてお酒を作ります。友人に教えてもらったりしながら、シェーカーを振ってカクテルも作りました。あと必要なのはカウンターに入ってもらうホステスさんです。妻にはきれいに化粧をしてもらい、ホステスさんをやってもらうことにしました。

とはいえ、妻ひとりというわけにはいきません。とにかくお金を貯めたかったので、従業員を雇わずに身内だけでなんとかならないかと考えました。そこで化粧品メーカーに勤めていた私の妹に会社を辞めてもらい、さらに妻の姉にもお願いをして、ホステスさんをしてもらいました。バーテンダーは私、ホステスさんが妻、私の妹、妻の姉の3人。この4人でバーを始めることにしたのです。

とんかつ屋さんを営んでいた友人が話していたとおり、バーは焼き肉屋兼焼き鳥屋とは比べ物にならないぐらい儲かりました。最初の月はあまりにも数字が違いすぎて「これはすごいな」と、自分でも驚いたぐらいでした。自分でシェーカーを振ってお酒を作ったりお客様と会話をしたりするのは、焼き肉屋兼焼き鳥屋の時とはまた違い、とても楽しかったです。このまま儲けるぞ、と思っていたのも束の間、警察のお世話になることになってしまいました。

　私がバーを営んでいたのは、神奈川県の南橋本駅（神奈川県相模原市中央区南橋本）の近くで、風営法（風俗営業等の規制及び業務の適正化に関する法律）で女性がカウンターの中に入ってもいいのですが、接待をしてはいけない場所だったのです。私はそのことをまったく知らなかったので、警察に指導を受け、横浜市内の神奈川県警で始末書を取られました。知らなかったとはいえ、こんなことになるとは自分でもショックを受けました。

　始末書を取り終わると家に帰ることになりました。その時、私に注意をしてくださった刑事さんに「相模原に帰るのなら、相模原署まで送ってくれないか」と声を掛けられ、私が運転する車で相模原まで一緒に帰りました。横浜から相模原までの約1時間30分、刑事さんといろんな談笑をしました。私の生い立ちや身の上話などもしたので、刑事さんが気の毒に思ってくれたのかもしれません。私の店は相模原警察署のすぐ近くだったのですが、そういった取締りをする時は、私の店から遠い方から行うようになったのです。そうすると、私の店に来る前にそのことがわかるわけです。風営法に抵触しないように店内の照明を明るくしたり、いろいろな工夫をしました。刑事さんが少しだけ、気を遣ってくれたのでしょう。この優しい気遣いはとても嬉しかったです。

とはいえ、こんなことを繰り返していても仕方がありません。早く店の移転先を決めなくてはと、空いた時間に店探しを始めました。

私は常々思うのですが、「念じる」ということは非常に大切です。強く念じていれば、その願いは届くと思っています。この時も、私は毎日、いい場所にいい店舗が出ないかと強く念じていました。やはり、念じていれば叶うものなのです。知り合いから「相模原駅前に新しく6店舗ぐらいの貸店舗を作っているが、まだ1〜2店舗、空いている」という情報が入りました。私はその場所が、同じような形態のお店を開いても風営法に抵触しないか、きちんと調べました。そこは問題がなかったので、さっそく賃貸契約を結ぶと店の営業許可を取得し、南橋本から相模原駅前に移転しました。今度は警察のお世話になることもないので、安心して商売を続けることができました。

相模原の駅前に移ってからは、お客様にも恵まれ、店は繁盛していました。同じように飲食店を経営する友人も何人かできました。ある時、同じようにバー商売をしていた友人が、今度はキャバレーを始めるというのです。その友人はお兄さんが建設業を営んでいてとても羽振りが良く、やる気も勢いもありました。私はキャバレーというもの自体がよくわからなかったので、友人のお店がオープンすると、さっそく行ってみることにしました。

お店のドアを開けて中に入るや、私は驚きました。女性が40人も50人もいて、とにかく華やかなのです。私はこんなお店をそれまで見たことがありませんでした。しばらくはその雰囲気に見惚《みと》れてしまい、動けないほどでした。それほど私には艶やかで華やかな世界だったのです。この時、また私の闘争心に火がつきました。

「よし、今度はキャバレーをやるぞ」

そう決めると、すぐにお店の場所探しを始めました。ただこの時、私の中にはひとつの決意がありました。それは「新宿に出よう」という決意です。相模原ではいい友人たちにも出会えたのですが、そうではない複雑な人間関係もありました。友人のキャバレーを見て、私ももっと大きな商売をしたいと考えた時に、新宿に出たいと思ったのです。これは直感のようなものでした。

先ほども話しましたが、念じることは大切なことです。キャバレーを開きたいと思った時から、私は「新宿に行きたい、新宿に行きたい」と、毎日念じていました。私の店に来ていたお客様にも「新宿に行きたい」という話はしていました。

するとある日、馴染みのお客様から「知り合いが西武新宿駅の近くにビルを建てているんですよ。もし、ご興味があるなら紹介しますよ」とお話をいただきました。私はその場で「お願いします」とお返事をして、さっそくビルのオーナーさんを紹介していただきました。今はもうありませんが、当時、建てていたこのビルがスタッセビルでした。

オーナーにお会いすると、「保証金を入れてほしい」という話になったのですが、貯金をおろしてもそんな大金はありません。私は「保証金をお支払いするお金がないので、10回払いの月賦にしてほしい」とお願いしました。オーナーは一瞬、難しい顔をしましたが「『保証金を月賦にしてください』なんて言う人はいないよ」と笑うと、月賦での支払いを快く了承してくださいました。そんな私を気にいってくださって、ずいぶんと可愛がっていただきました。

ビルが完成すると、私は高級クラブ『コンコルド』を開きました。この時、私は27歳。南橋本に焼き肉屋兼焼き鳥屋を出して商売を始めてから6年で、新宿にお店を出すことができました。おかげさまで開店してしばらくすると、結構、流行りまして、多くのお客様にご来店いただきました。大相撲でご活躍されて、横綱の大鵬《たいほう》さんと一時代を築いた横綱の柏戸《かしわど》さんは、よくお店に飲みに来てくださいました。

ただ、高級クラブはほとんどが従業員の女性たちのツケで、90%もキャッシュが入ってこない、現金収入がないのです。『コンコルド』は2年ほど続けたのですが、キャッシュが入らない商売はダメだなと、高級クラブは将来性がないなと思いました。お店にはお客様を引っ張ってきてくれる売れっ子のホステスさんが必要です。売れっ子ホステスさんを引き抜く時には、前借り金や移籍金のようなものを勧めていたお店に支払わないといけないので、300万円、400万円とかかるわけです。こういうこと自体に将来性がないし、「高級クラブ」というビジネス自体が、将来性がないと思いました。

今後、どういうビジネスに切り替えたらいいのだろうか。そんなことを考えていたある日、「新しくオープンするお店がある」と、後輩に連れて行ってもらったお店がありました。そこは「コンパ」と呼ばれていた形態のお店で、店内にいくつかカウンターがあり、そのカウンターの中に女性を入れて、接客をしていました。私はその時に、店内に丸い大きなカウンターをひとつ作り、その中に女性を20人ぐらい入れて接客するスタイルにしたらどうだろう？と、ひらめきました。

ヨーロッパを旅行した28歳ぐらいの時。フランス・パリのコンコルド広場付近で。

「コンパ」の客単価は、1人2000円ぐらいでしたが、私は客単価を5000円ぐらいにしたかったのです。そうすれば、高級クラブよりも商売として売上が上がるだろうと考えました。

お店の構想はだいたい固まったので、あとは「コンパ」とは違う、その新しいお店の形態をなんと呼ぶかです。私は書店に何度も足を運び、お酒に関する本や、海外のお酒を提供するお店について調べました。その中で、イギリスに「パブ」という大衆の酒場があることを知りました。その「パブ」と「コンパ」を合わせて「パブコンパ」というのがおもしろいのではないかと思いつきました。お客様からすると、高級なクラブでもないし、バーでもないし、というイメージができるかな、と思ったのです。

私は2年ほどスタッセビルに出していた高級クラブ『コンコルド』の店内を全面改装し、40坪ほどの店内の真ん中に大きな丸いカウンターを作り、「パブコンパ」という新しい形態の『カンパニー』という店をオープンさせました。カウンターの中には女性を20人ほど入れて、真っ白なピアノも置いて生演奏をしてもらいました。この店内の造りが他のお店にはないものだったので、お客様にはとても目新しかったようです。おかげさまでたいへん繁盛して、「パブコンパ」は大成功しました。売上もそれまでの高級クラブ『コンコルド』とは比べものにならないぐらいで、きちんと毎日、キャッシュでの収入がありました。

思惑どおりにパブコンパ『カンパニー』が当たったので、新宿の他に池袋などにも出店して、6店舗ほどに店を広げました。しかし、流行る商売は真似されるものです。パブコンパの形態のお店がどんどん増えていきました。そうなると当然、私の店も他の同じ形態の店に埋もれてしまい、衰退していきます。衰退していくお店をそのまま続けていても、売上は上がりません。

そこで私は「次はどんな商売を始めようか」と考えるようになりました。ただ考えるだけではいい案も浮かばないので、時間を作っては街歩きをしたり、書店に行っては興味が湧くビジネス本などを探して、読み漁《あさ》りました。この頃の私は、学ぶことにとても飢えていました。そこで、気になったある経済の講師の方の講演会を聴きに行きました。この講演会で聴いた話が、次のビジネスを始める大きなきっかけとなりました。

日本で第1号のカラオケルームをオープン

私がこの講演会で聴いた中に、「岡山でコンテナの中でカラオケをやっているお店があり、非常に人気で繁盛している」という話がありました。私はこの話にピンとひらめきました。コンテナの中で歌うカラオケ、これは商売になるぞと思ったのです。とはいえ、新宿や池袋の街なかに、大きなコンテナを持ってきて商売を始めるわけにはいきません。

それならば、小さなコンテナはどうだろう。つまり防音設備が整いカラオケが歌える部屋を作ればいいのではないかと考えました。

じつは、パブコンパ『カンパニー』の店内の端に、「のど自慢道場」と銘打って小さなステージを作り、お客様に歌ってもらっていたのです。当時のカラオケと言えば、スナックなどの店内やカウンターで歌うスタイルがほとんど。ステージに立って歌うお店は、めったにありませんでした。そのこともあってか、この「のど自慢道場」は人気になっていました。ただ、歌の下手な方がとても恥ずかしそうに歌っている姿も印象的でした。そんなカラオケに関するノウハウが私にはあったのです。

日本人は恥ずかしがり屋の性格の方が多いので、歌が下手だと人前で歌うのをとても恥ずかしがります。だったら防音設備の整ったこぢんまりとした部屋を作れば、そんな人も気を遣わずに歌えるのではないかと思ったのです。講演を聴きながらそんなことを考えていたら、これは絶対に人気になると思いました。これは私の直感ですが、私の直感、ひらめきは意外と当たるのです。そもそも熱意がないと、ひらめきや知恵は浮かばないと思っています。

そう思ったら、私が行動に移すのは早いです。店内をどんなふうに区分して、防音設備を設けたらいいだろう。効率よく部屋に分けるにはどうすればいいだろうと、しばらくは頭を悩ませました。考えがまとまったところで、池袋駅の東口にあったパブコンパ『カンパニー』の店内を改装して、防音設備の整った部屋を10部屋ほど作りました。これなら歌の下手な人も他人に聴かれることがないので、恥ずかしく思わず楽しく歌えるだろうと思ったのです。きっとこの商売は当たると、自分でも自信がありました。

「カラオケルーム」という名称は私が考えました。もともとカラオケの機械はあったので、「カラオケのある部屋」ということで「カラオケルーム」という名称を考えました。店名は『747』と決めました。私は飛行機が好きで、特に機内が広くてゆったりしているジャンボジェット機が大好きでした。店名を何にするか考えた時に、すぐに頭に浮かんだのが『747』だったのです。ほかに浮かんだ候補はなく、迷いはありませんでした。ジャンボジェット機ボーイング747のように、大空に大きく羽ばたきたいという願いもありました。

そして迎えたオープン初日。カラオケルームの1号店には、信じられないぐらい多くのお客様がやってきました。翌日も、その翌日も、部屋が空くのを待つお客様の行列は絶えることがありませんでした。これが32歳の時。日本で初めての「カラオケルーム」を池袋にオープンさせ、大成功を収めたのです。

その頃は、ビッグエコーさんはカラオケの機械を販売していましたが、今のようにカラオケルームの営業はしていませんでした。『７４７』のほかに、カラオケルームはなかったのです。

池袋の店舗は１００坪ほどあったので、最初は10部屋ほどをカラオケルームに改装して、営業を開始しました。ただ、連日、あまりにもお客様がいらっしゃってものすごく流行ったものですから、店内すべてをカラオケルームに改装して、25ルームほどに増やしました。

池袋に『７４７』をオープンさせてから3ヶ月後ぐらいのタイミングで、今でもある東亜会館の目の前のビルを購入しないかというお話をいただきました。西武新宿駅からも近いですし、とてもいい場所でした。私はこういう縁は大切にしているので、購入させていただくことにしました。そのビルの地下1階から3階までを、すべてカラオケルームに改装して、『７４７』の新宿店をオープンさせました。その後は、渋谷、原宿、新橋、五反田と、いい場所が出ればすぐに決めて、月に1店舗のペースで『７４７』をオープンさせました。

とにかく『７４７』はものすごく流行りました。でも流行っているものはほかの企業さんも真似をして、同じようなお店を出すものです。カラオケルームはいろいろな企業さんが出店されて、あっという間に乱立状態になりました。

『747』には、日本で初めてのカラオケルームを立ち上げて成功させたという特別な気持ちがありますが、看板にも思い入れがあります。『747』の看板をご覧になったことがある方はおわかりかと思いますが、ブルーに白の文字で「カラオケ」と書いてあります。これは看板のデザインを考えている時に、地の色は私の大好きなブルーにしようと決めました。どんな文字にするかといろいろと書いていると、どうも普通の文字では細くて目立たない。そこで「カラオケ」という文字にフチをつけようと考えました。

今でこそ、多くの店舗を持つカラオケルームのチェーン店がそれぞれの看板を出していますが、当初は「カラオケルーム」といえば『747』だったので、カラオケルームには『747』と同じ、ブルーの地に白い文字で「カラオケ」と書かれた看板が使われていました。『747』という店名はすぐに特許を取得しましたが、そこから『747』があっという間に流行ってしまったので、この看板と文字は特許を取っていませんでした。今振り返れば、こちらも特許を取得しておけば良かったと思います。おかげさまでカラオケルームが大ブームとなったので、『７４７』も店舗を増やしていきました。最盛期で40店舗ほどだったと思います。ただ、出店するのは関東圏だけ。全国展開はしませんでした。これは、私が大切にしている信条のひとつ、自分の目の行き届く範囲だけにするということからでした。このことについては、あとの章でゆっくりお話ししたいと思います。

もうひとつの理由は、一業種で商売は何十年も続かない。私は一業種で永劫《えいごう》不滅で栄える商売はないと思っています。資本主義は競争が原理原則だから、当然、競争相手が現れます。そうするとどうしても事業は衰退し、必ず終わりは来ます。

そして、人間はどうしても飽きるものです。「カラオケルーム」という形態に飽きるかもしれない。そうなった時に、全国に何百店舗もお店を展開していたら、違う業態に変更するのに莫大な費用がかかります。こういう〝時代の変化〟は、10年おきに必ずやってきます。このふたつの理由から、私は『７４７』を全国展開にはしなかったのです。店舗数も40店舗以上は増やしませんでした。

カラオケルームからプライベートを重視した「個室居酒屋」へ

私は次にどんな事業を始めようかと考えるようになりました。昼間に街なかをぶらぶら歩いたり、夜の新宿などの繁華街を歩いたりして、何が流行るかと考えをめぐらせました。当時の居酒屋はワンフロアに長いテーブルがダーッと並んでいる店舗が多く、見ず知らずのお客様同士が隣り合わせで座って飲食をするのが、当たり前の風景でした。特に個室に区切ったカラオケルームが当たったからというわけではないのですが、飲食をする場も、もう少しプライベートを大切にした空間であってもいいのではないかと考えました。

そこでひらめいたのが「個室居酒屋」です。カラオケルームのように完全に独立した個室にはしませんが、間仕切りをつけたり扉や襖《ふすま》をつけたりして、個室に仕切ったらどうかと考えました。きっと隣の方に聞かれたくないお話やご商談など、プライベートを大切にしたいと考えられているお客様もいらっしゃると思ったのです。かといって、完全個室の高級店まではお値段的に手が出ない、というお客様は多いのではないかと考えました。時代はプライベートを大切にする方向へ向かうのではないかとも思ったのです。

さらに「個室居酒屋」だけでは、お客様にわかっていただけないかと思い、〝隠れ家的な〟というイメージを醸し出して、店名は『個室居酒屋　隠れ野』としました。読み方は「かくれや」です。「隠れ家」ではなく「隠れ野」としたのは、なんとなく直感的に「野原の野」がいいのではないかと考えて、「隠れ野」としました。こちらの1店舗目は、新宿の80坪ぐらいの大きなフロアを20部屋ぐらいに仕切り、オープンさせました。「個室居酒屋」というのが、とても画期的だったのだと思います。プライベートを大事にしたいと考えているお客様のニーズとも合致したのでしょう。『隠れ野』は、ものすごく当たりました。多くのお客様にご来店いただき、来る日も来る日も満席と、オープン当初から大繁盛しました。

『隠れ野』の1店舗目を出店したのは新宿で、もともとカラオケルーム『747』がある地域でした。そこで、『７４７』があるビルの下のフロアに『隠れ野』を出店するようにしました。『７４７』を3フロアで営業していたビルは、2フロアを『７４７』、下の1フロアを『隠れ野』に改装して、ビルの中にセットで営業するようにしました。こうすることで、『隠れ野』で飲食されたお客様が二次会でカラオケに行こうとなった時に、同じビルに入っている『７４７』へ移動してくれると思ったからです。

私のこの戦略は大成功でした。『隠れ野』でお食事をされたお客様は、二次会でカラオケを楽しむために『７４７』へ向かわれる。私は自分の目で店の衛生管理や店舗運営などを確認していたので、同じビルに入っていれば一度に2店舗の確認ができます。そういう意味でも、ビルの外に出て移動しないで済むということは、お客様にとってても私にとってても好都合でした。カラオケルーム『７４７』を40店舗、個室居酒屋『隠れ野』を25店舗ほど出店しました。

しかし、大繁盛で笑いが止まらなかったのは3年ほど。やはり資本主義社会です。個室居酒屋も、ほかの企業さんが同じような形態で出店をされるようになり、一時の勢いは衰えていきました。同じ「かくれや」という読み方で表記は「隠れ家」という、同じような個室居酒屋を出店された企業さんもありました。またここで、私は次の事業展開を考えるようになりました。

新宿・歌舞伎町から茨城県へ

カラオケルーム『７４７』と個室居酒屋『隠れ野』の店舗が新宿に多かったこと、このふたつがおかげさまで多くのお客様にご来店いただけたことから、私は東京韓国青年商工会の会長を務めさせていただくことになりました。青年商工会の会合に出席して、ほかの方々とお話をする機会に恵まれるようになると、商売を成功されて多くの資金を持っていらっしゃる方が多いことに気が付きました。

私は商売で儲かっている方のお話を聞くと、思わずライバル心がメラメラと燃えてきて、自分も同じ商売に挑戦してみたくなる質《たち》です。何の商売をされているのか興味深く聞いてみると、皆さん、パチンコ店を経営されていました。よし、私もパチンコ店に挑戦するぞ。心に火が付きました。

いろいろお話を聞くと、新規でパチンコ店を出店するには、10億円ほど費用がかかるといいます。そこで、新宿・歌舞伎町で個室居酒屋『隠れ野』を出店していたビルのフロアをパチンコ店に改装することにしました。これまでとはまったく違う業界への挑戦です。私はしばらくパチンコ店オープンの業務に没頭していました。

しかしパチンコ店の経営は、正直、非常に難しく、悪戦苦闘しました。パチンコ経営で成功されている方のように大きな儲けが出るかと思っていましたが、そうはいきませんでした。新宿をはじめ、都内には大手のパチンコチェーン店がありますし、資本がかかりすぎて費用対効果が悪すぎました。これは持たない……。そう考えた私は、居酒屋からパチンコ店に改装した店内をカラオケルームにさらに改装して、パチンコ店を閉店しました。

私が「焼き肉屋兼焼き鳥屋」を始めたのが21歳。それから10年以上の歳月が経ちましたが、おかげさまでパブコンパ『カンパニー』も、カラオケルーム『747』も、個室居酒屋『隠れ野』も、商売としてはすべて当たって、企業としても順調に大きくなっていきました。

そんな中で、パチンコ店の経営がうまくいかなかったことは、初めてぶつかった大きな壁だったように思います。でも私は意外とメンタルは強いほうで、悲観的には考えない性格です。パチンコ店に手を出さなければ良かったとは決して思いませんでした。これも神様がくれた試練だろうと考えました。これを糧《かて》にもっともっと勉強をすれば、次につながるだろうと考えました。ですから、〝失敗した〟と悲観的に考えることはありませんでした。

こんな私の性格が幸いしたのかはわかりませんが、やはり縁があるものです。新宿に出店したパチンコ店は1年ほどで閉店しましたが、パチンコ店の経営に挑戦したおかげで、パチンコ業界とのつながりができました。やはり業界のつながり、おつきあいはたいへん重要なものです。ある知り合いから、茨城県で経営していたパチンコ店を購入しないかという話が舞い込んできたのです。

新宿のパチンコ店では悪戦苦闘しましたが、資本のかからない茨城県ならうまくできるかもしれない。しかも、茨城県は私の生まれ故郷です。偶然にも私の弟が茨城県に住んでいましたので、彼に店を任せれば私がしょっちゅう茨城県へ出向かなくても、店舗管理ができるだろうと思いました。そこでこれもなにかの縁だろうと考え、お引き受けすることにしました。

こちらのパチンコ店も、最初はなかなか軌道に乗らず、思ったような儲けは出ませんでした。やはりパチンコ店の経営は難しいと思ったものです。そんな時、知り合いから茨城県内でパチンコ店向けの優良な物件が出たとの情報をいただき、2店舗目となるパチンコ店をオープンさせました。ここは非常に場所が良かったので、商売としては当たり、とても繁盛するようになりました。

ここから茨城県内のパチンコ業界の方々と人脈が広がり、おつきあいも広がりました。都内より資本もかからないので、パチンコ店を出店するのは茨城県内だけにしようと決めました。パチンコ店のシステムは茨城県に移し、弟に管理を任せることにしました。

2店舗が成功した後も、茨城県内で優良物件やパチンコ店向けの優良な土地が出ると、情報をいただけるようになりました。良い物件や土地に巡り合った時には、新店舗を出店していきました。数店舗の経営が波に乗ってくると、パチンコ経営のノウハウもだいぶわかるようになってきました。

この時はホップ、ステップ、ジャンプのような感じ。1店舗目はなかなか難しい状況が続きましたが、2店舗目はとても繁盛しました。そして3店舗目はさらにお客様にお越しいただけるような店になりました。新しい店をオープンするたびに、次につながるような利益を出していくことができたのです。

今では8店舗ほど店を構えていますが、おかげさまでどの店舗も順調に営業しております。

新宿に押し寄せたバブル崩壊の波

時は1980年代の後半。日本はバブル景気に沸いていました。日経平均の株価は

3万9千円ほどをつけ、新宿界隈では1億円で購入した土地が、1週間後には5億円に高騰している。大阪のある料亭の女将《おかみ》さんが、銀行から3千億円を融資してもらった——。銀行もどんどん融資をしていた時代です。そんな話も珍しくないほど、バブルの最盛期を迎えていました。

私はその頃、40代になったばかり。銀行から融資の話もたくさんありましたし、株を買わないか、土地やビルを買わないかという勧誘も数多くありました。でも私はそういった本業以外のことには目もくれずに、カラオケと居酒屋とパチンコ店の運営だけを一生懸命やっていました。

そして、バブルが弾けました。私は不動産も株も一切所持していなかったので、被害を被《こうむ》ることはありませんでした。例えば10億円で購入した土地が5億円に下がった、というようなことが自分の身に起きていたら、バブルが弾けたことがよくわかったでしょう。でも私にはそういったことがなかったので、〝バブルが弾けた〟と言われても、意味がわからない、まったく実感が湧きませんでした。

私がバブルが弾けたことを実感したのは、現在、株式会社金嶋の本社を置いているビルを購入した時です。当時、新宿公共職業安定所（ハローワーク新宿歌舞伎町）の目の前のビルに社を置いていて、月270万円の家賃で借りていました。ところが、その場所からわずか数分の距離にあるビルが、ビル1棟で2億7千万円ぐらいで売りに出ていたのです。ビルのワンフロアを1年借りているだけで3千200万円以上かかるのに、ビル1棟が2億7千万円で購入できる。こんな得な話があるかと、私はすぐにお世話になっていた銀行の担当者に相談をしました。話を聞くと、このビルを購入した場合、月々の返済は150万円程度で済むと言うのです。それまで月に270万円払っていた家賃が150万円で済み、さらにビルの家賃収入まで入ってきます。これは買ったほうがいいと思い、私は即決してビルを購入しました。

するると、世の中の流れというのはおもしろいものです。私がこの賃貸ビルを購入したことが、新宿界隈の不動産業者さんの間に伝わったようで、「金嶋さんのところに話を持っていけば、ビルを買ってくれる」という噂が広まったようなのです。バブルが弾けたことで、価格が下落した土地やビルがたくさん出ました。でも、たいがいの方はバブル崩壊の被害を受けていて、喉から手が出るほど欲しくても手が出なかったのです。

ただ私はバブル崩壊の被害を一切受けていなかったので、資金がありました。銀行もいくらでも融資をしてくれました。この時は思いもよらないような優良物件を、毎日のように不動産業者さんが持ってきました。私も新宿に店を出していたのでだいたいの土地勘がありましたから、驚くような値段に下落している物件もありました。バブルが弾ける前は10億円ほどしていた物件が3億円ほどまでに下がっていたのです。

そんな嘘のような価格の物件が持ち込まれた時は、私はビルの内見もしないで、その場で「買った」と即決していました。金利も安くなっていたので、ローンを組んでも購入したほうがいい物件ばかりでした。

私が初めて購入したのは、新宿の風林会館近くのわずか17坪の土地。銀行の担当者に薦められたのがきっかけですが、測量をしていたら隣の美容院の方から「うちの土地も買ってくれないか」と相談を持ち掛けられました。そんな時代だったのです。それでその土地も購入し、鍵穴のように入り組んでいた5坪ほどの土地も交渉して譲ってもらい、30坪ほどの正方形の土地にしてビルを建てました。このビルが、私の貸しビル業の礎《いしずえ》でもある「第一金嶋ビル」です。

当時はこんな話もありました。中野区の整理回収機構から、「ある土地を購入しませんか」という連絡がありました。聞くと、「第一金嶋ビル」のすぐ近くで150坪の土地だということです。価格を聞くと「8千万円です」と言うのです。新宿で150坪の土地が、わずか8千万円。私は耳を疑い、詐欺か何かだろうと思いました。そこで、今は株式会社金嶋の社長を務めている長男の誠一郎に話を聴きに行かせました。戻ってきた息子は「買ってきました」と。話を聞けば、確かに8千万円だったと言うのです。バブル崩壊後は、こんな嘘のような話が本当にあった信じられない時代でした。

私はこの時に、格安で売りに出されていた新宿界隈のビルを15棟ほど購入し、保有しています。これらのビルを資本にした不動産業は、今の株式会社金嶋にとって、大きな事業の柱となっています。

そしてこの頃に始め、株式会社金嶋の事業のひとつになっているのが、大型駐車場の運営です。当時、神奈川県横浜市内で、友人が「高速駐車場」というものを運営していました。いわゆるビル一棟を駐車場にしているタワー型の駐車場です。今ではもう当たり前になりましたが、当時は〝ビル一棟を駐車場にするなんてもったいない〟というのが主流。特に家賃の高い新宿では、そんなことを考える人はいませんでした。先ほどもお話ししたように、私は他人が儲かっているのを見ると、メラメラとライバル心が湧いてきます。「よし、私もやるぞ」と、心に火が付くのです。

そこで私は購入したビル一棟を、高速駐車場に改装しました。この駐車場は今も『７４７　超高速駐車場』として、新宿歌舞伎町の中心地で営業をしています。24時間営業で１０４台が駐車でき、大型車の駐車も可能なことから、駐車場不足の新宿では、今も多くの方にご利用いただいております。これも株式会社金嶋の大きな収益のひとつとなっています。

私がバブルの波に呑み込まれずに済んだある出来事

ここでひとつ、あるお話をしておこうと思います。私が今、新宿界隈に15棟のビルを所有できているのは、日本経済がバブルに沸く中、株や土地やビルに手を出さなかったからだということは既にお伝えしました。バブルが弾けて痛手を被っていたら、私も多くの影響を受けた方々と同じように、土地やビルの購入はできなかったと思います。これにはある思い出があります。

私が35歳ぐらいの時のことです。カラオケルーム『747』を出店していた池袋で、ある老夫婦と知り合いになりました。当時はまだ不動産はひとつも所有していませんでした。その老夫婦が私のことをとても気に入ってくださって「私たちは、あなたの人間性がとても気に入った。ふたりとももう高齢だから、私たちが所有しているビルをあなたに譲りたい。銀行に少しだけ残っている借金をあなたに肩代わりしてもらったら、あとはお金は一円もいらないよ」というようなことを言われました。当時、その老夫婦が所有していたビルは、池袋駅からも近い一等地。しかも、かなり大きな立派なビルでした。

私は正直、老夫婦の言っていることの意味がわからなかったのです。なぜ親戚関係でもなんでもない私に、そんな立派なビルを譲ってくれると言うのだろう。しかも一円もいらないなんて、何か裏があるに違いない。そんな思いでした。

当時は私もまだ若く、カラオケルーム『747』と個室居酒屋『隠れ野』の運営で精一杯でした。そんな立派なビルを所有したところで、そのビルをどうすればいいのかわからないということもありました。私はあっさり「いやあ、いいですよ」と断ってしまったのです。

この直後ぐらいから日本経済はぐんぐん成長していき、今、お話ししてきたバブル期に突入していきます。私はこの話を受けなかったこと、ビルを譲ってもらわなかったことを、とても後悔しました。バブルで不動産の価格は、数倍、数十倍に跳ね上がっていきました。一等地にあるあのビルを所有していたら、きっと考えられないような資産価値になっていたと思ったからです。なんてもったいないことをしてしまったのだと、しばらくは頭から離れないほど後悔しました。

ところがその数年後に、バブルは崩壊します。もしあの時、あのビルを所有していたら、バブル絶頂期の家賃収入を得て、賃貸ビルを持つことの〝おいしさ〟みたいなものを味わってしまったでしょう。〝お金を借りてください〟と言ってくる銀行からお金を借りて、おそらく、どんどんビルや土地を買って、株にも手を出していたのではないかと思うのです。もし、そうなっていたら、バブルが弾けた後、目も当てられないことになっていたと思います。譲り受けたビルを、嘘のような金額で売却するしかなかったかもしれません。

このビルは、今でも池袋の一等地に建っています。私は今もこのビルを見るたびに、この時のことを思い出します。手に入れようと思えば手に入れられたものを、手に入れることができなかった。でもそのおかげで、私はバブルの波に呑み込まれずに済んだのです。だから、私はこんなふうに思います。物欲や金欲は誰にでもあります。その欲しかったものを手に入れられなかった時は、とても後悔します。自分の判断ミスを悔やみます。でもそれを手に入れられなかったことが、将来的には良かったと思えることにつながる。あの時、ビルを手に入れられなかったからこそ、今の私の人生につながっているのだと思うのです。

私がバブルの被害を受けずに、今こうして新宿界隈に15棟ものビルを所有していられるのは、この時にビルを持たなかったから。下手に不動産を持たずに済んだからなのです。これもきっと、神様が教えてくれたこと。私はそんなふうに思います。あの時に手に入らなかったから、今が良かったと思うのです。

人はどうしても後悔をします。あの時にああしておけば良かった、こうしておけば良かったと悔やみます。私も決して後悔をしないわけではありません。でも、後悔をしてもプラスの方向には働かないと思うのです。

それよりも、あの時に手に入らなかったからこそ、今があるのだと。あれで良かったのだと考えるようにしたほうが、いい方向につながると思いませんか。これもきっと、神様が教えてくれたこと。この池袋のビルの一件は、私の人生の神の啓示なのかなと、時々思い起こしたりします。私はそのことを忘れず、事業を広げることに取り組んできました。そしてそのことを思い出し、後悔しないよう、決して判断を誤らないようにしてきました。そうすれば後悔をすることは少ないような気がします。

私が神奈川県の南橋本で、焼き肉屋兼焼き鳥屋で事業を始めてから50年あまり。右も左もわからずに妻とふたりで始めたあの店から、もうそんなに月日が流れたのかという思いに駆られることもあります。神奈川県の相模原では多くの人に出会い、どんな商売を始めれば儲かるのか、多くのことを学んできました。何か問題が起きたり、悩みにぶつかったりするたびに、まわりの人たちに助けられてきました。その相模原での経験があったからこそ、憧れでもあった東京・新宿で店を出すことができたのです。

新宿でも多くの人との縁に恵まれ、可愛がっていただきました。その方たちに少しでも恩を返したいという思いから、とにかく成功させるんだと、大きな熱意を持って、ひたすら今日まで仕事に邁進してきました。日本初のカラオケルーム、初めての店舗形態となる個室居酒屋も、絶対に負けないぞ、という強い熱意があったからこそ、私の中でぱっとひらめきが起こり、それを形にしてこられたのではないかと思っています。

これまで、カラオケ、居酒屋、パチンコ店とアミューズメント事業を経営の柱として、金嶋観光グループを必死に発展させてきましたが、近年はレジャー事業、飲食事業、不動産事業と3つのコアを中心に、事業展開を行っております。これも、私のもとで日々、一生懸命働いてくれている、良き仲間、良き人材に恵まれたことがとても大きいと思っています。

次の章では、私の人材育成、企業の目指す姿について、お話をしていきたいと思います。

第三章　人材育成と情熱を燃やし続けること

人の使い方の原点となった、高級クラブでの〝総上がり〟

今の私という人間を形成してくれたのは、これまでの人生の中で起きた3つの大きな出来事だと思っています。1つ目は私が小学校3年生の時に、母がどんぶりに入った青酸カリを用いて、一家心中をしようとしたこと。2つ目はその翌日に、数枚の千円札を畑の中の道で拾ったこと。そして3つ目はこれからお話しします、私が27～28歳の頃に経験した出来事です。このことは私の人生の中でも、大きな転機となりました。

私は27歳で神奈川県の相模原市から、東京の新宿へと経営する店を移しました。初めて新宿で出店したのは、高級クラブの『コンコルド』という店です。この店は先ほどもお話ししましたが、当時、大相撲で大人気だった柏戸関が来店してくれるなど、たいへん賑わっていました。『コンコルド』にはホール業務や料理などを担当してくれる男性従業員が15名ほどと、お客様の接待をするホステスさんが40名ほど在籍していました。

お店を出してから1年ほど経過した頃でしょうか。突然、男性従業員全員が「今日で辞めます」と言ってきたのです。いわゆる〝総上がり〟です。私はただただ驚いてしまい、理由を尋ねました。すると「あなたのやり方にはついていけない」と言うのです。若気《わかげ》の至りといえばそれまでですが、私はこの「あなたにはついていけない」という理由に、本当にショックを受けました。自分はこうなるまで、なぜ気が付かなかったのか。悲しいやら悔しいやら、常に悔やまずポジティブな私ですが、この時ばかりは相当、落ち込みました。

救いだったのは、ホステスの皆さんが店に残ってくれたことです。ホステスさんは男性従業員がスカウトしてくるので、彼らが全員で辞めようと決めた時に、彼女たちに「一緒に辞めよう」と言ったらしいのです。ところがホステスさんたちは、「社長がかわいそうだから、私たちは辞めない」と言ってくれたそうなのです。彼女たちが残ってくれたおかげで、新たに男性従業員の募集をかけ、店はなんとか続けることができました。

ところがです。わずか半年ぐらいでしょうか。この2回目にお店に入れた男性従業員たちが、またも〝総上がり〟をしそうな雰囲気を感じたのです。なぜなのだろう……。私はこの時ばかりは悩みに悩み、自問自答を何度も繰り返しました。そこで自分は人の使い方が下手なのではないかと思ったのです。人の使い方が下手だから、従業員がついてきてくれないのだろうと。では、私の何がだめなのだろうと、何日も何日も考えました。以前、〝総上がり〟した従業員たちに、私のどこがだめだったのか、何がいけなかったのかを聞いてみたいという衝動に駆られました。彼らに話を聞けば、私に欠けている部分がわかると思ったのです。でも私についていけない、私が嫌で辞めていった従業員たちと会えるわけがありません。自問自答している中で気が付いたこと。それは人に対する優しさや思いやりがなかったということでした。

使う側と使われる側であっても、謙虚さがなければだめなのです。「ありがとう」「助かったよ」。なんでもいいのです。人に対して感謝すること、感謝の気持ちを伝えることが、人を使う立場の人間としていちばん大切なのではないかと、この時に初めて気付かされたのです。感謝の気持ちが根源にあってこそ、自然に思いやりや優しさ、気遣いが生まれるのです。きっと私は知らず知らずの間に、人の話もろくに聞かない、傲慢な人間になっていたのだと思います。私はこの時に悟りました。人に対する優しさ、思いやり、感謝の心。こういったものがなければ、人はついてきてくれないのです。

このことに気が付いてからは、自分の傲慢さを反省し、従業員に対して常に感謝の心を持って接するようになりました。すると、ピタッと従業員が辞めなくなったのです。『コンコルド』で〝総上がり〟されたことは、私の人生において、とてもいい勉強になりました。この経験がなければ、私は気遣いのできる人間になっていなかったかもしれません。そして、人をうまく使うことができなかったかもしれません。この貴重な経験が、今の私の人の使い方の原点になっているのではないかと思います。

社員にも後悔しない人生を送ってほしい

私は一期一会をとても大切にしています。これは私のもとで働いてくれている社員との出会いも同じです。数ある企業の中から金嶋観光グループの中の企業を選んでくれたわけです。私はそんな社員との出会いを、とても大事に思っています。自分の人生をかけて来てくれているのですから、私のもとで働いて良かった、金嶋観光グループの企業を選んで良かったと思ってもらいたいのです。大袈裟《おおげさ》に言えば、私に一生を捧げているわけです。だからこそ、社員にも、悔いの残らないような生き方をさせなくてはいけないという使命感が、私にはあります。立派な人間に育て上げなければいけないという気持ちを強く持っています。

私は『コンコルド』で、従業員の〝総上がり〟にあったことで、人を使うためには、感謝の気持ちが必要だということを学びました。人を育てるのも同じことです。私が感謝の気持ちを持って心から接しなければ、気持ちは伝わらないと思うのです。仕事でミスをしてしまった際も、愛情を持って叱咤激励をするように心掛けています。

人はどんなに素晴らしいポテンシャルを持っていたとしても、常に同じことを繰り返し教育していかないと育ちません。叱る時は叱らないと、人は育たないのです。叱ることは、とても大切な社員教育だと考えています。ただ、その叱り方が重要。愛情を持って叱れば、相手にも必ず伝わります。自分のことを思っているからこそ、こんなに厳しく注意をしてくれているのだという気持ちが伝わるのです。ですから、ミスをした時、間違いをした時には、誰であろうと叱ります。私は社員とは、心と心がつながっていると信じています。

だからだと思うのですが、有り難いことに私の企業の離職率はものすごく低いのです。もう20年、30年と働いてくれている社員が数多くおります。社員もきっと私のそんな気持ちをわかってくれているから、長い間、ついてきてくれているのだと思うのです。

もちろん、叱るだけではありません。あることで叱ったら、その理由を説明しながら、でもここは良かったと褒めることも忘れません。ホップ・ステップ・ジャンプではないですが、叱るだけではなく、ちゃんと褒めるところは褒めてあげる。お互いに信頼し合いこうしたことを繰り返しながら、人としても企業人としても、育っていってほしい。人間性を磨いていってほしいと思っています。

そして、力を身に付けたなら、私のもとから羽ばたいていってほしいとも思っています。私のもとで働いてきた社員たちは、どこに行っても、活躍できるだろうと信じています。独立したい、自分のこんな夢を叶えたい。そんな気持ちを持ってくれたら嬉しいと思いますし、もちろん、私が協力できることは全面的にバックアップをしていきたいと思っています。

そうやって私のもとから羽ばたいてくれる人材が育てば、それも私の社会に対する恩返し。社会のために役に立っていると思うのです。どこに行っても困らないような社員を教育して育てることで、企業の経営者としての役割を果たせているのではないかと思っています。

人間性を磨く「十の社訓」

まず、人を育てていく上で私がいちばん初めに教えたいのは、道徳観、倫理道徳的なことです。やはり社会は、人が働くことで成り立っていくものです。常に健康で、働くことに喜びを持ってもらいたいと思います。そのためにも、私が起業してからこの56年間で感じたこと、経験したことを踏まえて、金嶋観光グループでは「十の社訓」を掲げています。これは私の経験の他にも、多くの人を使っている企業の社長や会長が書かれた〝人の使い方〟についての書籍を読み漁って習得したことも踏まえて、考えたものです。ここで「十の社訓」をご紹介したいと思います。

一、言い訳を言わない事。
二、嘘をつかない事。
三、愚痴を言わない事。

四、弱音をはかない事。
五、同情をかわない事。
六、機転を利かす事。
七、気遣いの出来る思いやりの心を持つ事。
八、人に尽くす心を持つ事。
九、〝ハイ〟〝すみません〟とハッキリ言える素直な心を持つ事。
十、礼儀は正しく行動を敏速にする事。

一つ目から五つ目までは、自分の人間性を磨く上で、大切なことだと思っています。

まず、一つ目の「言い訳を言わない事」。

言い訳をいつも言っている人で、まわりから好かれている人はいないと思うのです。

二つ目の「嘘をつかない事」。

嘘をつかないこと、誠実でいることは、とても大切なことだと思っています。嘘というのはひとつ嘘をつくと、ふたつ嘘をつかないと仕方なくなります。その嘘を隠すために3つ、4つと、嘘は嘘を呼び、拡大していってしまうから、嘘はひとつでは済まなくなってしまうのです。

そして嘘というのは、嘘をついている本人は相手には気づかれていないと思いがちですが、気づかれていることが多々あります。特に対人関係においては、いちばん大事なことではないかと思います。私は商売をする時、取引を始める時など、必ず相手が誠実な人間であるかどうかを見極めるようにしています。それは目を見ればわかるものです。

ちなみにですが、私は嘘をつくのがものすごく苦手です。嘘を言うと、それを隠そうと思って、どうも不自然な笑顔になってしまうようなのです。50年以上連れ添っている妻には、上手に嘘をついたつもりでも、嘘だと見抜かれていることが多いようです(笑)。

三つ目は「愚痴を言わない事」。

皆さんも経験があるかと思いますが、人と話している時に、愚痴をこぼされて愉快な気持ちになったことはないと思います。ついついこぼしてしまった愚痴でも、相手にいい印象は与えません。親しい友人などにたまに愚痴をこぼすのはいいかもしれませんが、仕事の上では禁物です。

四つ目は「弱音をはかない事」。

これは私が常々思っていることなのですが、弱音は自分の心の中に秘めておくものです。自分の心の中に秘めておければ、心の中だけで止《とど》めておければ、それが核となり、自分のエネルギーとして燃えるものなのです。三つ目の愚痴も、四つ目の弱音も、人に話すとすっきりしますよね。でもそれではだめなのです。すっきりするのではなく、自分のエネルギーに、バネに変えていかなければいけないのです。

五つ目は「同情をかわない事」。

特に商売をする上では、同情をかわないことはものすごく大事なことです。同情をかうことは、一歩間違えると、相手に媚《こ》びを売ることになります。これは自分を安い人間にしてしまいます。自分の価値は高く見せるべき、決して安く見せるものではありません。同情をかうことは避けるべきです。

六つ目から十までは、人に対する行動として大切なことです。

六つ目の「機転を利かす事」。

これは対人関係、特に商売や仕事においては、非常に大事なことです。機転が利くか利かないかで、ひとつの契約が取れるか取れないか、大きな結果の違いになったりします。機転を利かすためには、その時にいいか悪いかを判断できる瞬発力が必要です。日頃から、そうした訓練をしていないと咄嗟《とっさ》にはできないものです。やはり、常に真剣に仕事に取り組み、経験を積んでいくことが重要なのです。

七つ目は「気遣いの出来る思いやりの心を持つ事」。

これは、私が『コンコルド』で経験した〝総上がり〟で、身に染みて感じたことです。私は当時、この気遣いのできる思いやりの心を持つことが、まったくできていませんでした。おそらく、〝総上がり〟をされていなかったら、気が付いていなかったかもしれません。もしそうだとしたら、私は今のように、多くの人を使えていなかったでしょう。この「気遣いの出来る思いやりの心を持つ事」は、人間関係において忘れてはいけないことです。

八つ目は「人に尽くす心を持つ事」。

人というのは、幸せになるために生まれてきていると思います。幸せになるためには、人に尽くす、尽くされることが大切なのです。人様のために。家族であったり、仲間であったり、社員であったり、そういった多くの人に尽くそうという心を持つことが重要です。こういう気持ちを忘れずに持っていれば、自分自身に負けることもないと思います。

九つ目は「〝ハイ〟〝すみません〟とハッキリ言える素直な心を持つ事」。

これは仕事関係に限らず、人生においてとても大切なことです。「ハイ」ときちんと返事をすることは、基本中の基本です。「ハイ」と返事をすることはできても、「すみません」と謝れない人は、意外と多い。この〝素直な心〟があるかないかで、すべてのことが変わってきたりするのです。

例えば、仕事でミスを犯してしまったとしましょう。その時に「すみません」とすぐにはっきりと言えれば、そのミスは不思議と軽減されるのです。もしかしたら、ミスをしたのに「素直に自分のミスを認められる人間だ」と、評価が上がるかもしれません。また、何かを学ぶ、勉強をする上でも、素直な心を持っているとすべてを吸収することができます。でも、そこで斜めに構えたりすると、そうはいかなくなってくるのです。素直な心を持つこと。私は何歳になっても、大切なことだと思っています。

最後は「礼儀は正しく行動を敏速にする事」。

社会人として、礼儀正しく行動することは当たり前のことです。礼儀というものは、見られていないようで見られています。人は初めて会った人がどういう人間なのかを判断する際に、きちんと挨拶ができているか、正しい言葉遣いができているか、落ち着いているか、相手の立場に立って物事を考えられているかなど、礼儀正しいかどうかを見ています。こうした礼儀を正しくすること、そして行動は敏速に行うことが大事です。一度、「礼儀がなっていない」と思われてしまったら、それを挽回するのはなかなか難しいものです。第一印象を良くするためにも、「礼儀は正しく行動を敏速にする事」は重要なのです。

私は社員教育をする上で、この「十の社訓」をまず教えるようにしています。これは私の企業の社員として働くためだけではなく、人として社会で生きていくために必要なことだと思っています。私は基本的に人を育てるのが好きです。いい人材を育てていくことで、いい人材のいる企業の価値も上がっていく。その人材が、さらに社会の役に立てれば、本当に嬉しいことだと思っています。

お客様への感謝の気持ちと「十大用語」

金嶋観光グループの経営を支えている業種は、カラオケルーム『747』や個室居酒屋『隠れ野』、茨城県で展開しているパチンコ店などの接客業です。当たり前のことではありますが、カラオケルームも居酒屋もパチンコ店も、数多くのお店がありま す。『747』『隠れ野』などに来てくださるお客様は、数ある中で、私どものお店を選んで来てくださっています。私はこのことがたまらなく嬉しいのです。お客様が私どもの店を選んでくださったということで、本当に心が温まるのです。この気持ちは、最初に相模原で焼き肉屋兼焼き鳥屋を始めた時から変わっていません。

選んで来てくださっているからには、足を運んでくださったお客様に満足していただきたい。『７４７』や『隠れ野』を選んで良かったと思っていただきたいのです。お客様にひとときの至福を感じていただきたい。お客様に感動を与えたい。この気持ちはますます強くなっています。

そのために必要なのは社員教育です。先ほどご紹介した「十の社訓」もとても大切ですが、これとは別に接客業における「十大用語」というものを掲げています。こちらもご紹介していきたいと思います。

一、ようこそ、いらっしゃいませ。
二、ごゆっくりどうぞ。
三、失礼いたします。
四、はい、かしこまりました。
五、少々、お待ち下さいませ。
六、失礼いたしました。
七、お待たせいたしました。

八、申し訳ございませんでした。
九、どうもありがとうございました、お気を付けて。
十、又、お越しくださいませ。

この「十大用語」を読んで、当たり前のことだと思う方もいるかもしれません。ですが、これがなかなかきちんと言えないのです。「社訓」にもあった「〃ハイ〃〃すみません〃とハッキリ言える素直な心を持つ事」「礼儀は正しく行動を敏速にする事」にも通ずるのですが、できているようで、じつはできていないものです。

私は基本的に、せっかく私どもの店舗を選んで来てくださったお客様には、ほんのわずかな時間であっても、満足して喜んで帰っていただきたい。感動を与えたいという想いがあります。そのためには、気持ちの良い接客がとても重要になってきます。私が感動を与えるために、いちばん気を付けて指導してきたことは「笑顔」です。笑顔は簡単なようで、じつはとても難しい。不自然ではない笑顔、わざとらしくない笑顔、嫌味のない笑顔。自然で誰もが好感を持てる笑顔というのは、難しいものなのです。

誰もが好感を持てる笑顔の代表は、旅客機の客室乗務員です。私はカラオケルームを、大好きな大型旅客機でもある「ボーイング７４７」から取った『７４７』と名付けるぐらいですから、飛行機が大好きです。飛行機に搭乗すると、いつもあの客室乗務員の笑顔に癒やされます。しかも全員が自然で好感度の高い笑顔で対応をしてくれます。客室乗務員にできて、うちのスタッフにできないわけがないという強い意志を持って、笑顔については教育してきました。

おそらく笑顔が嫌いな人はいないと思うのです。笑顔はお客様に対する感謝の気持ちを表すこともできます。私の企業で働くすべてのスタッフに、この笑顔でお客様の対応をしてもらいたいと指導をしていますが、これがなかなか、本当に難しい。「十大用語」を、きちんとはっきり言うことも大事ですが、これを無表情で言ったのでは意味がありません。あくまで笑顔で言うからこそ、お客様に温かい心を届けることができる。喜んでいただけるのです。これにはやはり、お客様への感謝の気持ちがないと、自然で好感度の高い笑顔は生まれないと思っています。

たとえアルバイトであっても、私どものスタッフに変わりはありません。アルバイトの皆さんにも、このことをきちんと理解して勤務してほしい。お客様に対して感謝の気持ちを持つ心を植え付ければ、きっと自然な笑顔が生まれると思うのです。

そして笑顔でお客様に対応ができて仕事ができるようになれば、どこの企業に転職しても、アルバイトを辞めて就職をしても、きっと高い評価をされるようになると信じています。私が育てた人材が、私の企業で育った人材が、少しでも社会に貢献できるようになることが私の役目であると思っています。そして、そうした人材を育てて輩出できることが、私のこの上ない喜びでもあります。

自分の目の行き届かない場所には店を出さない

前の章で、企業が一業種で栄えることはないということ。必ず10年周期で流行《はや》り廃《すた》りがくるので、そうなった時に全国に数百店舗も店を構えていると、改装するのに莫大な資金がかかってしまうというお話をしました。私がカラオケルーム『747』が爆発的に当たったのに店舗を全国展開しなかったことには、もうひとつ理由があります。それは、自分の目が行き届く範囲でしか、店舗を広げたくなかったからです。

私はどちらかというと完璧主義なところがあります。商売をやっている以上、お客様が100％満足してくださらないと嫌なのです。そのためには先ほどご紹介した接客用語である「十大用語」や礼儀作法はもちろんのこと、身だしなみや服装など、とにかく清潔感があることが第一です。男性は長髪不可ですし、女性は髪の毛が長い場合は必ず結んでいただく。化粧も濃くならないように注意していただく。これらはすべて清潔感につながります。

それから店内やお客様がお座りになられる席はもちろん、トイレや厨房など店舗内のすべての清掃と、あらゆるものが完璧ではないと嫌なのです。お客様から大切なお金をいただいて商売をしているわけですから、どうしてもそこはこだわりたいのです。そうでないと、来ていただくお客様には100パーセント喜んでいただけないと思っています。

私はひとつひとつの店舗が完璧な店舗になるように、以前は1週間に3〜4日は、店舗をまわっていました。今でも1週間に2回ぐらいは店舗まわりに時間を割き、3〜4店舗はまわって歩きます。これは決して従業員のあら探しではなくて、ちゃんと笑顔でご対応できているかなと、一生懸命働いている姿を見に行くためです。

ただ、私はどうしても、店舗でのサービスが完璧に行われているかという視線で見てしまいます。そういう視線で見ると、やはり完璧にできている店舗は決して多くありません。どうしても、何かが欠けています。頻繁にまわってこうした教育を繰り返し教えていかないと、結果的にお客様が満足できるサービスの店舗にはなりません。人任せでは、こうしたことが徹底されなくなってしまう。そうなると私の経営理念である、大切なお客様に対して満足していただく、喜んでいただく、感動していただくという思いから逸脱してしまいます。これだけはどうしても避けたいのです。

こんな思いから、私は店舗へよく足を運んでいます。直接、現場で働いている従業員に話を聞くのは、私にとってもビジネスのヒントになる楽しい時間でもあります。店舗数を増やして全国展開することよりも、お客様に100パーセント満足していただける店舗づくりに重点を置いています。そのために、接客に関しては従業員ひとりひとりを厳しく教育しています。そうした強い気持ちから、自分の目が届く範囲でしか事業を広げたくないのです。

企業を弱体化させない組織を作ること

この章の最初でもお話ししましたが、私の人の使い方は、高級クラブ『コンコルド』で経験した〝総上がり〟が原点になっています。この時に従業員に感謝の気持ちを持って接すること、優しさや気遣いが大切だと学びました。それと同時に、人を育てることの難しさも学びました。

ここまで私の人材育成についてお話をしてきましたが、これからは事業と人との関係について、お話ししたいと思います。

カラオケルーム『７４７』が大成功してから、店舗数や従業員も増え、私の事業は飛躍的に伸びていきました。その中でお話ししてきたような人材育成を行ってきたことには、いい人材を育てて社会に貢献したいという思いと、もうひとつの考えがありました。それはさらに事業を拡大するための人材を育成したいという思いです。

カラオケルーム『747』が当たった後、個室居酒屋『隠れ野』も、おかげさまで大繁盛しました。店舗を増やして事業を拡大していく中で、どうやったら多くの従業員を上手に使えるのか。何百軒もの店舗を持ったり、何十万、何百万という従業員を使っている企業の諸先輩方の著書などを、夢中になって読み漁りました。その中に必ずヒントが隠されていると思ったからです。

そうしているうちに、企業の発展のためには、まず自分の右腕をひとり育てることが成功の秘訣ではないかと考えました。もちろん、私も店舗をまわって社員教育を行いますが、私の右腕が育てば、私の手となり足となってくれます。私は勉強会や企画会議など、意見を出し合える場を頻繁に設けるようにしました。

最初は私が中心で行っていましたが、だんだん組織が大きくなるにつれ、異なる意見が生まれてくるようになります。そうした異なる意見を否定するのでなく、何度もディスカッションを行い、社員一人ひとりを見極めていくようにしました。こうしたことを積み重ねていくと、自然と右腕となる候補が頭角を現してくるものです。

もちろん、私との相性もあると思いますが、私が持つ企業の理念や将来性を理解し、同じような情熱を持って取り組んでくれる人間です。こうして一緒に事業を大きく育ててくれる、私の手足となって活躍してくれる幹部たちが育ってきました。

ただここで、注意しなければいけないことがあります。それは右腕に任せっきりではだめだということです。やはり、陣頭指揮を執るのはオーナーでなければいけないのです。組織というものは、大きくなればなるほど官僚的というかマンネリ化していきます。使われている人間は、どうしても官僚意識を持っていってしまうものなのです。そうするとそれ以上伸びなくなってしまい、同時に組織も弱体化してしまいます。

こうした状況を防ぐためにも、オーナーが常に介在していないとだめなのです。働いている姿を、知恵を出している姿を、勉強している姿を、その背中を見せないとだめなのです。自分の右腕も育った、手足も育った。もう心配ないから少し遊ばせてもらおうかな、なんて甘えが出たら、その企業は間違いなく弱体化します。一度、弱体化した企業をもとに戻すのはすごく難しい。だからオーナーは常に目を光らせて、主導権を握っていることが重要です。

そしていちばん考えて、いちばん知恵を出して、いちばん働く人はオーナーでないといけません。人というのは、考えていそうで考えていないものです。でも企業のオーナーはビジネスのプロ。私もビジネスのプロです。プロは寝ても覚めても24時間、常に会社のことを考えていないといけない。寝ながらでも考えなくてはだめなのです。

でも幹部はそこまでプロに徹することはできません。これは人間の性《さが》で仕方のないことです。要するに、出資をしないからです。オーナーは出資をしていますから、それこそ全財産が企業になっていますし、保証人にもなり担保も入れています。もし企業が潰れるようなことになったら、全財産を取られて首を吊らなくてはいけなくなります。だから、オーナーはビジネスのプロ。企業にすべてを捧げているのです。

でも幹部候補、右腕、左腕がどんなに育っても、そこまでの覚悟は持てない。やはりアマチュア、プロにはなれないのです。だからこそ、常にオーナーが陣頭指揮を執って、組織をまとめていかなければならないのです。

私は今も、常に24時間、会社のことを考えています。情熱を持って取り組んでいます。だからひらめきが生まれるのです。

アメリカの発明家で起業家のトーマス・エジソンは「天才は1％のひらめきと99％の努力」と言っていましたが、1％のひらめきが、大きな成功につながるのです。きっとエジソンも、情熱があるからひらめきがあったのだと思います。

私は基本的に、人間にいちばん大切なのは情熱だと思っています。情熱があるからこそ、1％のひらめきが生まれる。私も常に情熱を持っているから、ひらめきが生まれるのです。店舗まわりで何気なく街を歩いたり、夜の街に浮かび上がるネオンサインや看板を見たりしても、ふっとひらめくのです。

でも幹部候補の右腕、左腕の彼らは、情熱が足りないからひらめかない。だから、情熱のある人間が組織のトップでなくてはいけないのです。もし、情熱を持ち続けることができなくなったら、常に情熱のある人間にトップの座をバトンタッチするべきだと、私は考えます。

私は常に情熱を持ち続けていますし、気持ちも萎《な》えていません。それはやはり自分が一から作った会社だからということがあります。そして、一期一会で知り合った従業員がいます。彼らは自分の一度きりの人生で、私についてきてくれています。私も一度きりの人生を後悔しないように生きたいと思いますが、彼らにも一度きりの人生を後悔させたくありません。私はそうした責任感がものすごく強いですから、会社を倒産させるわけにはいきません。私の情熱は衰えるどころか、より一層、燃えているのではないかと思います。

コンプレックスは人生の情熱を燃やす点火剤

私がなぜ、こんなにも長い間、情熱を燃やし続けることができるのか。私は顔には出しませんが、人に負けたくないという闘争心が人一倍強いのです。秘めた闘争心はかなりのものだと思います。その闘争心の根底にあるものは、コンプレックスだと思っています。おそらく、コンプレックスがひとつもない人はいないと思うのです。コンプレックスというものはネガティブな捉え方をされがちですが、私はコンプレックスはとても大切なものだと思っています。

第一章で私の生い立ちをお話ししましたが、私の父は働きもせず、毎日、家で酒浸りの生活をしていました。母が女手ひとつで私たち6人の子供たちを必死に育ててくれましたが、暮らしはとても貧乏でした。傘もなく草履しかなかったので、雨の日は大嫌いでした。給食費が払えなかったので、給食の時間になると校庭でひとりで時間を潰し、水をガブガブ飲んで腹を満たしました。あまりにも空腹のため、道に落ちていたナフタレンを飴玉と間違えて口にしたこともありました。

でも、小学校や中学校の時は、基本的にみんなが同じようでしたから、コンプレックスを感じることはありませんでした。「どうせ、自分の家は貧乏だから」と、卑屈になることもありませんでした。

私が初めてコンプレックスを感じたのは、高校を卒業して働くようになってからです。社会に出てみると、父親が健在で、その父親が事業を大きく伸ばしている家庭の子供さんとも知り合います。その時に負い目を感じたというか、父親というのはこういう感じで、その子供はこういうふうに育つのかと、そんなふうに思いました。私の父はまったく働かず、毎日酒を飲んでいるだけの人だったので、もうこの時点で自分は負けているのだと実感したのです。

そこで生まれて初めてコンプレックスを感じました。でもコンプレックスを感じたのと同時に、「よし、俺は負けたくない」と、思いを強くしたことを今でも覚えています。コンプレックスは、その後の私のバネになっているのです。

よく、コンプレックスを克服できないという話を聞きますが、コンプレックスに負けてはいけない、勝たなくてはいけないのです。私は貧困だった生活もコンプレックス、大学に進学できなかったこともコンプレックス、挫折ばかりを繰り返して、すべてがコンプレックスです。でも絶対に負けないぞ、という強い意志のもと、コンプレックスに負けることなく、今日までやってきました。人間は敗者のままではいられない、勝たなくてはいけないのです。コンプレックスをマイナスに考えて負けたままでいたら、人生は負けたまま終わってしまいます。

私はコンプレックスに勝つか負けるかは、精神力だと思っています。人間、決して腐ってはいけないのです。どうせ自分は……と、腐ってしまっては、コンプレックスに負けてしまいます。人間はクソっと思わなければ、負けたくないという意志を強く持ち、惜しまぬ努力を続けていかなければだめなのです。負けてもいいと思ったら、もう心のエネルギーは湧いてきません。負けたくないという心の原資がないと、あらゆるものが生まれてこないのです。コンプレックスをバネにして、明日を生きるエネルギーにしていかないといけないのです。

勉学は一生のうちのどこかでやればいい

私は高校卒業後、とにかく一日も早く母を楽にしてあげたいと思っていました。私の稼ぎが少しでも生活の足しになればと、なんの迷いもなく就職を決めました。そのことを後悔したことは一度もありませんし、コンプレックスに感じたこともありませんでした。

ところが45歳ぐらいで東京の韓国青年商工会の会長に任命された時のことです。まわりの会員の皆さんが大学を卒業されていることを知った時に、初めて大学を卒業していないことにコンプレックスを感じました。

その時に思ったのです。「よし、自分も大学に行くぞ」と。

心の底から闘争心が湧いてきて、仕事が終わって帰宅すると、必死に受験勉強を始めました。勉強をしながら感じたのは、私が小学生、中学生だった頃は、勉強をする環境ではなかったということです。だから当時、勉学に励まなかったことを、まったく後悔していません。一生のうちのどこかでやればいいのだと、私の場合はその時期が晩年だったのだと思っています。童話の「うさぎとかめ」の競走のようなもので、最後にできていればそれでいいのだと思うのです。

こうして私は、見事、受験に合格して、46歳で韓国の中央大学校国際経営大学院に入学しました。初めて経験する大学生活は、それはそれは楽しかったです。しかも、まわりが勉強をしていないのに私だけが勉強していることに、優越感を覚えました。私だけが得をしているように思えたのです。

移動中の飛行機の中でも、車の中でも、暇さえあれば勉強をしていました。こんな年齢になってもこれだけ楽しく学ぶことができる。そのことが本当に楽しかった。大学を卒業していないというコンプレックスは、私に勉強をしたい、勉学に励みたいという向上心を育ててくれたのです。私は46歳で大学に通い勉強ができたことに、とても感謝しています。

コンプレックスで始めた勉学といえば、漢字の勉強も夢中になってやりました。これは新宿で『コンコルド』を始めた頃、相模原から新宿まで通う電車の中で、毎日、新聞を読んで、車の運転中は書けない漢字を頭の中で書いて、お店に着くとその漢字をノートに書いてみました。毎日毎日、３６５日それを続けたら、漢字も覚えて得意になりました。

漢字を書けるようになると次に進みたいと思い、書道を習いました。じつは小学生の時に、書道教室に通っていたのです。なかなか上手に書けたので先生に褒められ、廊下に張り出されたこともありました。

でも無料で通えたのは２ヶ月だけだったのです。３ヶ月目からは「月謝を持ってきなさい」と先生に言われたのですが、給食費さえ払えない貧困な家庭です。習字は続けたくても、月謝を払ってほしいとは母にはとても言えませんでした。それ以降、習字教室に通うことはできませんでした。

そんな思い出もあり、私は年を重ねてから知り合いの書道教室に通い始めました。小学生の頃は、月謝を払えなかったために途中で諦めることになりましたが、今はあの頃以上の楽しい気持ちで通っています。ちょっとした自慢をしたくなるほど、腕のほうも上達しました。習字をしながら、あの頃、先生に褒められたことを思い出して、嬉しく感じたりしています。

父が酒を浴びるように飲んでくだを巻いている中で、ひとりで必死に働いている母の姿。私の中で今でもハッキリ残っているあの情景が、私のコンプレックス、闘争心の原資になっているのです。誰に対しても、仕事に対しても負けたくないという強い闘争心は、この幼少期の生活から生まれたものです。

母の深い愛情が、逆境をプラスに変える心を育ててくれたのだと思っています。過去のコンプレックスは、今の自分が生きる支えになっていると、明日へのエネルギー

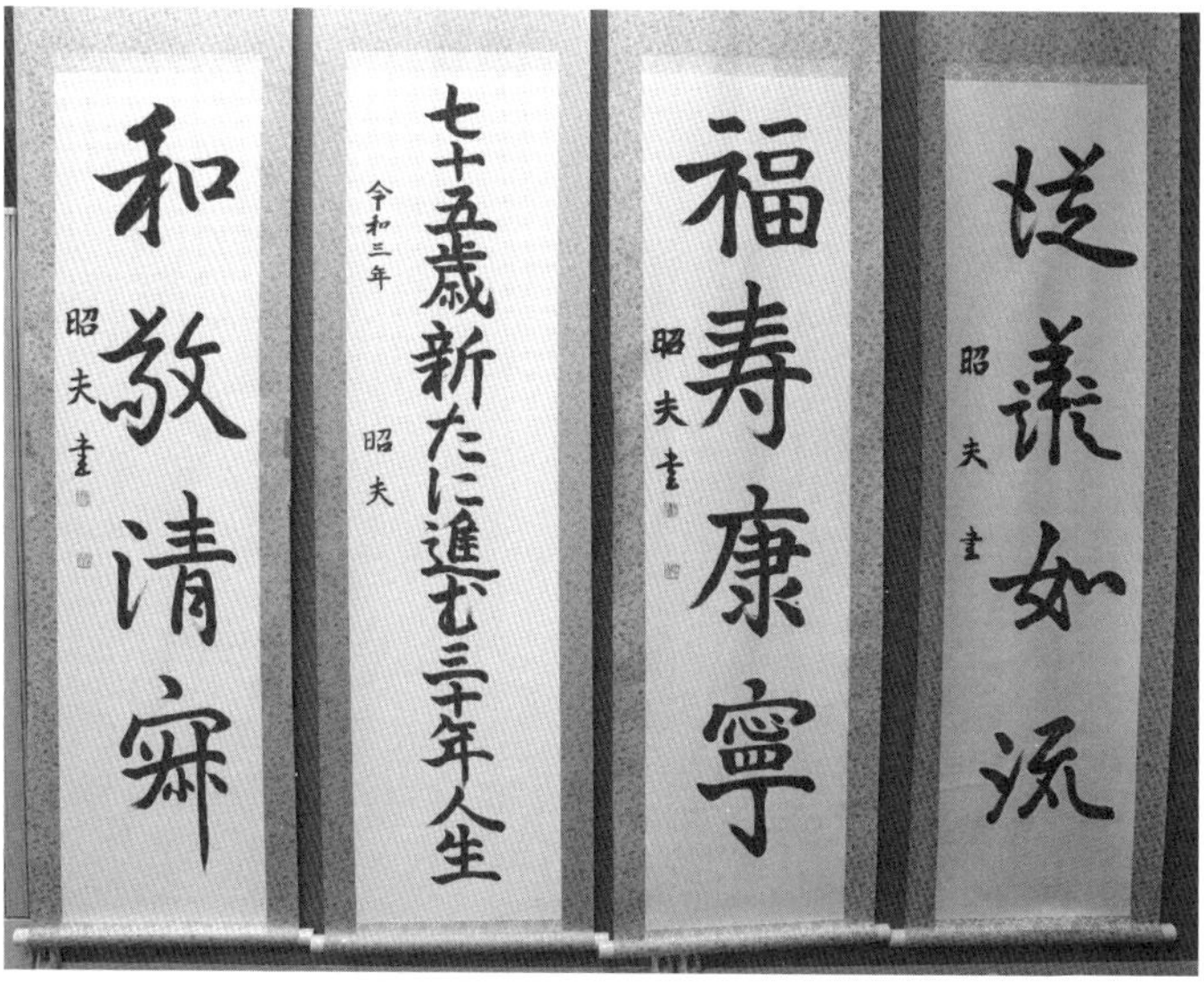

小学生の頃に続けられなかった習字は30代から習い始め、今ではご覧のような腕前に。

になっていると思えばいいのです。コンプレックスはやる気にさせる点火剤。だから私は、コンプレックスは素晴らしいものだと思うのです。

第四章　76歳での歌手デビュー

三橋美智也の声に励まされた小学生時代

　これまでの章でもお話ししてきましたが、私はとても貧困な家庭で育ちました。友達はバットとグローブを親に買ってもらい、学校が終わると野球遊びをしていました。でも私はノートや鉛筆も買ってもらえないような家庭だったので、仲間に加わることはできませんでした。

　そんな時、私が元気をもらっていたのが、当時人気だった春日八郎さんや三橋美智也さんが歌う演歌です。特にラジオから流れてくる三橋美智也さんの特徴のある甲高くきれいな声には、たいへん心を打たれ夢中になって聴いていました。

　まだ小学生だったので、同級生は童謡を歌っています。そんな中で私は三橋美智也さんの演歌を歌っていたので、まわりの友達には不思議がられました。特に『哀愁列車』や『おんな船頭唄』などが大好きで、しょっちゅう歌っていました。それともう一曲は『母恋吹雪』。この歌はお母さんのことを歌っている歌なのですが、私の母の姿とどうしても重なるのです。子供ながらに本当に感動してしまい、よく口ずさんでいました。

小学校4年生の時に、学校で初めてコーラス部ができました。私はその話を聞くと、とにかく嬉しくて嬉しくて、すぐに応募しました。簡単な入部試験みたいなものがあり、好きな歌を一曲歌います。本当は三橋美智也さんの歌を歌いたかったのですが、さすがに演歌は歌えません。そこで『スキー』という歌を歌いました。

私は見事合格して、コーラス部の一員となりました。コーラス部は全部で20人で、私以外は全員が女性でした。とにかく歌うことが大好きだった私は、授業が終わった後、みんなでコーラスの練習をする時間が嬉しくて仕方ありませんでした。

ところがです。発表会というわけではないのですが、練習を積むと、他校へ歌を歌いに行くようになります。まず20人の中で私ひとりだけが男性というのが、とにかく照れくさかったのです。もうひとつは、他校へ行くので、部員の皆さんはおしゃれをして、きれいな服を着て来ました。私はそんなおしゃれな外出着は一着も持っていません。なんとか1～2回は他校へ行ったのですが、照れくさい気持ちと恥ずかしい気持ちがあり、3回目からは行かなくなってしまいました。歌は歌いたかったのですが、結局、そのままコーラス部も辞めてしまいました。ただ、歌を歌うと心が明るくなるような、勇気をもらえるような、そんな気持ちで歌っていたことを今でも覚えています。

私にとって歌は、いつでもそばにあるものでした。妻と結婚した20代ぐらいの時は、西郷輝彦さん、舟木一夫さん、橋幸夫さんの3人が「御三家」と呼ばれ、大ブームを巻き起こしていました。私は茨城県出身だったこともあり、橋幸夫さんの『潮来笠』を、故郷を思い出しながらよく歌っていました。3人の歌を聴いたり、テレビで見たりしていましたが、当時は相模原に焼き肉屋兼焼き鳥屋さんを妻と始めた頃。毎日必死でしたから、歌手というのは雲の上の存在でした。

どちらかというと、私は「御三家」よりは村田英雄さんが好きでした。もうド演歌です。なぜ演歌が好きかというと、演歌の歌詞は人生の縮図みたいなものだと思うからです。一小節一小節、人生の思い出を嚙み締めるような気持ちで歌っていました。歌手という雲の上の人は素晴らしいなと思うと不思議と自分がハングリーな気持ちになり、仕事に意欲が湧いてきました。私にとって歌手や歌というのは、心を奮い立たせてくれる、なくてはならない存在でした。

スカウトされて思いもよらない歌手デビュー

カラオケルーム『747』を始めてからは、新しい店舗をオープンする前に、必ず音響やマイクのテストなどを行います。その時は私がマイクを持って歌い、テストをしました。オープンさせた後も、従業員や店内の確認で店舗に行った際には、抜き打ちで必ずマイクテストをしました。小学生の頃から友達の前でよく歌ってはいましたが、仕事の一環として人前でしばしば歌う機会もあったので、多少は場慣れをしていたのかもしれません。

人前で歌うことは恥ずかしいというより、むしろ好きでした。カラオケルーム『747』や『隠れ野』、ほかの事業も軌道に乗ると、いろいろな方が主催するパーティーからも声が掛かるようになりました。私は民団（在日本大韓民国民団）中央本部の生活相談センター所長などを歴任していることもあり、そうしたパーティーにも多く出席しています。

年を重ねるにつれ、自分の歌に自信を持つようになりました。歌手の方の歌を聴いていても、腹の中では私のほうがうまいのではないか、なんて思ったりしていました（笑）。ですから人前で歌うのは大好き。パーティーや宴会にお声が掛かった時は「私の出番を作って」とお願いをして、必ず歌わせてもらっていました。

そして、驚くことが起きたのは私が75歳の時です。茨城県で介護施設を経営している古くからの友人の森誠理事長から、「渥美二郎さんが施設で歌を歌ってくれるから、聴きに来ないか」と、一本の電話がありました。私は渥美二郎さんの『夢追い酒』という歌が大好きだったので、喜んで聴きに行きました。

渥美二郎さんの歌は素晴らしく、とてもいい時間を過ごしました。その友人と会ったのも久しぶりだったので食事に行こうという話になり、私は彼の仕事が終わるまで時間を潰していました。ちょうど施設内にカラオケルームがあるので、歌って待つことにしました。渥美二郎さんの歌を聴いた直後でもあったので、気持ちよく熱唱していたのだと思います。

すると、現在、お世話になっているプロダクションの田村陽光《あきみつ》社長が、たまたま私の歌を聴いていらして「ＣＤは何枚ぐらい、お出しになっていらっしゃるんですか?」と聞いてこられたのです。私が「素人なので、ＣＤは一枚も出していません」とお答えしたところ、「ＣＤを出してみませんか?」とおっしゃるわけです。素人が出すＣＤかな、と思ったので、記念に一枚ぐらい出しておいてもいいかと思い、「お願いします」とお答えして、連絡先を交換させていただきました。

ところがです。田村社長とお会いしてから3日後のことです。日本コロムビアの方がおふたり、会社に訪ねてこられたのです。個人用の素人が出すＣＤかと思って簡単にお返事をしてしまったので、さすがに驚いて冗談かと思いました。

「何曲か歌を聴かせていただけませんか?」ということでしたので、さっそく会社の近くにある『７４７』へ行き、おふたりの前で6曲ほど歌わせていただきました。

目の前で私の歌に耳を傾けているおふたりを見ていたら、小学校4年生の時に、コーラス部の入部テストで『スキー』を歌ったことを思い出しました。あの時は合格しましたが、今回はテストではないので、合格も不合格もないだろうと思っていました。ところがこれがテストだったのです。私が歌い終わるとこう言われました。

「ぜひ、日本コロムビアからデビューしてください」

この私がCDデビュー？ まさか、あの雲の上の存在だった歌手になるということ？ 急なことでとにかく驚きましたが、願ってもないチャンスです。これも一期一会。友人が渥美二郎さんのステージに呼んでくれたおかげで、田村社長とのご縁ができたわけです。私はその場で「お願いします」とお返事をさせていただき、歌手としてデビューすることになったのです。

今でも胸に残る後悔を歌詞にした『新宿しぐれ』

歌手デビューのお約束をしてから3日後には、私のデビュー曲を担当してくださる先生が決まりました。作詞は日本作詞家協会の会長で、森昌子さんの『越冬つばめ』などで知られる石原信一先生。作曲は日本作曲家協会の常務理事、日本音楽著作権協会の理事でもあり、私の大好きな村田英雄さんの『夫婦酒』や五木ひろしさんの『長良川艶歌』や都はるみさんの『浪花恋しぐれ』などで知られる岡千秋先生に決まりました。

私は数日後におふたりとお食事をご一緒しながら、歌の主題についてお話をさせていただきました。新宿に店を出してから50年以上になりますが、新宿の多くの方々にお世話になったからこそ、今の私があります。そんな思いをずっと抱いてきたので、新宿を主題とした歌を作っていただけないかとお願いしました。

じつは、私には今でも忘れられない出来事があります。私はどちらかというと楽天家で、何事もポジティブに考える性格なので、あまり後悔することはありません。後悔しても仕方ないので、後悔をするなら前へ進もうという考えでもあります。そんな私ですが、ひとつだけ後悔していることがあるのです。

それは、前の章でもお話しさせていただいた『コンコルド』時代の話です。当時、

『コンコルド』のナンバーワンホステスは操《みさお》さんという女性でした。彼女はお客様にもスタッフにも気遣いのできる、とても素晴らしい女性でした。

私が店の男性従業員全員に〝総上がり〟された時のことです。男性従業員たちは、自分たちがスカウトしてきたホステスさんたちにも「一緒に辞めよう」と声を掛けたのです。ホステスさんたちが全員残ってくれたから店は続けられたとお話ししましたが、ナンバーワンホステスだった操さんが「お店に残る」と言ってくださったから、他のホステスさんたちも残ってくれたのです。

女性には〝母性〟があります。この時、ホステスさんたちは「私たちが辞めてしまったら、社長がかわいそうだから」と言って残ってくれました。おかげさまで『コンコルド』は続けられたのですが、高級クラブのお客様の支払いは〝ツケ〟がほとんどです。店自体は繁盛していましたが、キャッシュフローがない。これではお店を続けていくのはなかなか厳しいことでした。私の中では、事業をもっともっと大きくしていきたいという気持ちが強かったので、『コンコルド』を閉めることにしました。

この後にオープンさせたパブコンパ『カンパニー』は大繁盛しました。けれども高級クラブとは違うので、ホステスさんたちを連れていくことはできません。〝総上がり〟された私のピンチを救ってくれた彼女たちには、辞めてもらうことになってしまったのです。

この時に操さんが、こんな話をしてくれました。自分の旦那さんは、私の給料をあてにして、昼間から酒を飲んで遊んでばかりで、まったく働かない。そんな旦那さんとの生活の中で、お店に来ると社長に会えた。社長に会えることが私の生き甲斐で、今日まで頑張ってくることができたと。ありがとうございましたと、深々と頭を下げられたのです。

私はこの時、どうすることもできませんでした。操さんが助けてくれたおかげで『コンコルド』を続けてくることができたのに、店を閉めることになってしまった。結局、操さんの〝働く場所〟をなくしてしまったのです。

私は今でも、操さんのことを思い出します。連絡先もどこにいるかもわからないので、その後の消息はつかめませんが、元気でいてくれたらいいなと思っています。

もうひとりはホステスさんではなく、『コンコルド』で歌っていた歌手の女性です。

彼女はある作曲家の先生のご紹介で、私の店で歌っていたのですが、ある日、「先生から他の店に行くように言われたので、明日から来られなくなりました」と告げられました。私は当時、そんなに現金を持ち歩いていなかったので、財布に入っていた5万円ぐらいを彼女に渡して、「頑張ってね」と伝えました。

ただこの時、もっと親身になって励ましの言葉をかけてあげれば良かったのですが、私も若かったのでそこまで気が回らなかった。もう少し労《ねぎら》いの言葉とお金を渡して、歌手になるのは大変なことだけど、私はこの新宿でこれからも商売を続けているから、困ったことがあったら何でも相談に来なさいと、なぜ言ってあげられなかったのだろうと。なぜもっと温かい言葉をかけてあげられなかったのだろうと、今でも後悔しています。

私はこのことを石原先生と岡先生にお話ししました。そのうえで、新宿を主題にした歌を作っていただけないかとお願いしたのです。

そうして完成したのが私のデビュー曲である『新宿しぐれ』です。『新宿しぐれ』の歌詞には、今でもほろ苦い思い出と、そんな私の想いが詰まっているのです。新宿で商売をされている方は、多かれ少なかれ、私と同じような思いを抱いたり、後悔したり、人生の思い出がたくさんあると思います。まだ若かったあの頃を思い出すと、より一層、そうした想いが募ってしまうものです。『新宿しぐれ』を多くの人に聴いていただきたいと思っていますが、新宿で商売をしている方たちにも、ぜひ聴いていただけたら嬉しいと思っています。

人生初めてのレコーディング

こうして出来上がった『新宿しぐれ』のレコーディングの日がやってきました。もちろん、人生で初めての経験です。初めて曲を聴いた時はピアノの演奏だけだったのですが、いろいろな楽器の音が加わっていくと、まったく違う音楽になります。こうしたことは今までに経験がなく、ひとつの曲が出来上がる過程に非常に感動しました。

岡先生と石原先生も来てくださって、歌唱指導をしてくださいました。いざレコーディングが始まると、これが「はい、やり直し」「はい、やり直し」の繰り返し。おそらく20回ほど、録り直しをしたと思います。さすがに自分でも呆れてしまいました。

一生懸命歌っているつもりなのですが、いちばん難しかったのは感情をどこの小節に入れるかということでした。歌い慣れている歌は、どこで感情を入れたらいいのかわかっています。でも『新宿しぐれ』はまだそこまで歌い込んでいなかったせいか、感情の入れどころがわからず苦労しました。ただ、うまく歌おう、うまく歌おうという気持ちばかりが先走ってしまい、感情がうまく入れられなかったのだと思います。

おかげさまで何度もステージに立たせていただき、ずいぶん歌い慣れてきたので、今はどこで感情を入れたらいいのかがよくわかります。やはり歌の山でもある「なんで、なんで、なんで悔やむか〜」という部分に、いちばん感情を込めて歌っています。

やはりこの部分が印象的なのか、女子プロゴルファーを目指している私の8歳になる孫の実由《みゆ》が、私の娘である母に怒られた時にこの部分をアレンジして「なんで、なんで、なんでママ怒るの〜」と、歌うそうです（笑）。

カップリングは大好きな村田英雄さんの名曲『夫婦春秋』です。これは石原先生が

『新宿しぐれ』のサビをよく歌う孫の実由ちゃんと。将来はプロゴルファーを目指している。

選んでくださったのですが、私は妻を題材とした歌も歌ってみたいと思っていたので、最適だと思いました。じつは『夫婦春秋』は大好きな曲のひとつで、もう30年近く歌っています。歌い慣れていることもあり、感情をどこに入れたらいいのかよくわかっていますので、レコーディングも2回で済みました（笑）。

76歳になっても、今まで経験できなかったことを、どんどん経験できる。私の中にはまた、新たな情熱が生まれています。前の章で「企業のオーナーはビジネスのプロ」という話をしましたが、これまで私は歌手としてはアマチュアでした。でももうアマチュアではない、プロになったのです。プロになったからには24時間、そのことを考えなくてはいけません。事業家と歌手。歌手としては〝76歳の新人〟ですが、これからも〝プロの二刀流〟として、人より何倍も努力していきたいと思います。

76歳で叶えた夢は新たな希望

マイクを持ってお客様の前で歌っていると、「自分は雲の上の存在だと思っていた歌手になれたのだな」と感動します。石原先生に言われたのは「『新宿しぐれ』は生涯、金嶋さんの歌だから、自信を持って歌いなさい」ということです。もしかしたら、私よりも上手に歌う人がいるかもしれない。でも『新宿しぐれ』は私の歌だから、私が自信を持って歌うことが、『新宿しぐれ』が生きることなのだと思います。

私は人に喜んでもらうことが好きな性格なので、そのための努力は惜しみません。

私の歌で、来てくださったお客様に喜んでいただけるのなら、最善の努力をして歌いたいと思います。私の歌と魅力でお客様に感動していただける。そんな自分が結構、好きなのです。

だからかもしれませんが、楽屋で準備をしている時はとても緊張してしまい、何回もひとりで歌ったりしながら準備をします。ステージに上がるまではドキドキしているのですが、伴奏の音が聞こえた瞬間、パッとスイッチが入り、気持ちが切り替わります。伴奏の音とともに緊張感は消えてなくなるのです。

ステージに上がって客席を見渡した時、お客様が多ければ多いほど、気持ちが高揚します。「よし、お客様を喜ばせてやるぞ」という気持ちが高まって、自分自身が引き締まる感じがするのです。大勢のほうが気持ちが高揚するというのは、人に喜んでもらいたいという、私が持って生まれた性格故なのかもしれません。

私は76歳にして、歌手になるという夢を叶えました。実業家という立場のほかに、歌手という立場も得ました。私は民団中央本部の生活相談センター所長という立場もあり、婦人会の講師として全国をまわっています。そこで講演をしたあとに、今度は

〝歌手・金嶋昭夫〟として、歌を披露するのです。すると、講演を聴きに来た方々は非常に喜びます。皆さんの嬉しそうな表情を見ていると、歌手というのは人を喜ばせること、感動させること、勇気を与えることができるのだと改めて思います。

しかも76歳での歌手デビューなので、なおさら皆さんから私の歌を聴いて「勇気をもらった」と言っていただいたりします。私が幼少の頃、ラジオから聞こえてくる三橋美智也さんの声が胸に迫ってきたように、私の歌を聴いてくださった方のひとりでも多くの方が感動してくれたり、心を奮い立たせてくれたりしたら、とても嬉しく幸せだなと思います。

やはり神様は日頃の行いを見ているのです。日々を一生懸命頑張ってきた人間には、何かプレゼントをくれるのだと思います。社会も同じです。見ているようで見ていないし、見ていないようで見ている。その人の行いを見ているのです。だから何事にも積極的に取り組まないといけないのです。私は歌手という立場を神様からプレゼントされたことで、もっと頑張れと、もっとやれることがあるだろうと言われているような気がしています。

今後の人生で私は、社会貢献活動に励んでいきたいと思っています。そうした活動の中でも、歌手という立場はとても役に立つと思うのです。

決して私を有頂天にさせるためのものではなく、社会奉仕活動をしやすくするために与えてくれたものだと思っています。せっかく神様からいただいた歌手という立場ですから、歌うことで社会貢献活動の幅を広げていきたいと思っています。

第五章　少しでも人々の役に——日本と韓国での社会貢献活動

事業家としての私が考える今後

私はおかげさまで今年（2022年）の6月12日で、77歳を迎えることができました。今後のことを考えた時、私が健康でいることが家族のため、従業員のため、金嶋観光グループのためだと思っています。決して自分が欲をかいて長生きしたいということではなく、それが家族や従業員、企業を守ることになるからです。

健康法としては週末にゴルフを楽しむことで、コースを歩いて足腰を鍛えることはもちろん、澄んだ空気や四季折々の景色を眺めて心のリフレッシュもしています。たまには息子の誠一郎《せいいちろう》と孫の昭典《あきのり》と一緒にゴルフコースをまわり、若さのエネルギーをもらっています。これが私の健康法のひとつであり、元気の源になっています。

私の情熱はまだ燃えていることもあり、新しい事業を始めたら成功させる自信はあります。ただ、今後の自分の人生を考えた時に、これまで多くの不特定多数の方々にお世話になってきたからこそ、今の金嶋観光グループを築いてくることができました。

自分がお世話になってきたぶんを、これからは返していきたい。晩年はお世話になった個々の方だけでなく、社会にも恩を返していく「恩送り」に力を入れていきたいと思っています。

あくまで理想ですが、今後は仕事の時間の30％ぐらいを、社会奉仕のために使いたいと思っています。新しい事業を始めるとなると、私の性格上、すべての情熱を注ぎ込んでしまいます。そうなると、社会貢献のために費やす時間がどうしても取れなくなってしまいます。時間的に考えても、新しい事業にはどうしても5年、7年を要します。そうしたことも考えますと、新規事業は子供たちの代に任せて、私は社会貢献のために時間を使いたいと思っています。

私は貧困な家庭で育ちました。今も私と同じような環境で生活しているお子さんたちが数多くいると思います。私は母が深い愛情を注いでくれたので、腐らずに今日まで生きてくることができました。そして、裸一貫で、無一文の男がここまでやってくることができたのは、多くの方々に支えていただいたおかげです。だからこそ、多くの方々に恩返しをしたい。「恩送り」をしていきたいのです。それができないと自分自身が嫌なのです。

私は闘争心が強い、負けず嫌いだというお話を何度もしてきました。どうせ社会貢献活動をするなら、誰にも負けないぐらいの活動をしたいと強く思っています。まだまだわずかではありますが、私の社会貢献活動について、お話をしていきたいと思います。

東日本大震災では、被災した店舗よりも茨城県の復興を

２０１１年3月11日に発生した東日本大震災。地震発生当時、新宿にいた私は大きな揺れを感じ、たいへん驚きました。『７４７』や『隠れ野』など、都内にある店舗へ緊急連絡を取り、まずは従業員の安否を確認しました。特に怪我をした人間もいませんでしたし、幸いなことに大きな被害を受けた店舗もありませんでした。それからすぐに茨城県にいる弟に連絡を取ると、店内のパチンコ台などの機器が地震の影響で

ほとんどだめになっている、被害はかなり大きいとのことでした。

私は居ても立ってもおられなくなり、地震から2日後の3月13日に茨城県へと現場視察に出向きました。そこで見た光景は、今でもはっきり覚えています。

水戸市内にある私どものパチンコ店の店内はぐちゃぐちゃになっていました。それより衝撃的だったのは、見慣れたはずの街全体がほぼ壊滅状態だったということです。道路などは陥没していて、これまで見てきた風景からはまったく想像もつかない景色が目の前に広がっていました。これは東京とはまるで違う景色でした。

正直、この時に真っ先に抱いたのは「お世話になった街の力になりたい」という強い気持ちでした。もちろん、自分のパチンコ店が壊滅状態になっていたことには強いショックを受けました。それでも私は茨城県で生まれ育ち、茨城県で商売をさせていただいています。これはもう自分の店を立て直すよりも、いち早く水戸市のお役に立つことが、自分の役目ではないかと思ったのです。

幸い、水戸市の市会議員をやっておられ、2019年に逝去された村田進洋《しんよう》先生が親しかったので、その足ですぐに先生の事務所に向かい、「水戸市の惨状を見てきました。壊滅状態に近いですが、少しでも水戸市のお役に立つためにはどうしたらいいでしょうか」とお聞きしました。すると「この惨状を立て直していくにはお金がいちばん必要だから、現金を渡すのがいいのではないか」とおっしゃられました。おいくらぐらいかをお聞きすると、500万円ぐらいあれば助かるのではないかとおっしゃるので、ならばと1000万円を寄付することにしました。

茨城県知事でいらした橋本昌《まさる》知事とも親しかったので、震災から4日後に妻と一緒に水戸市にある茨城県庁の知事室を訪れ、現金1000万円と、大洗町に500ccのペットボトルを4800本寄付しました。この他にも古河市に5万円、牛久市社会福祉法人の県共同募金会に5万円を寄付しました。橋本知事がその場で、地震による被害を説明してくださったので、私は「大震災の被害者は多く、苦しい避難生活も続いています。茨城県人として、事業家として、復興のために少しでも役に立ちたい。一日も早く、県民に安心した生活と笑顔が戻ることを願っています」とお伝えしました。

じつはこの1000万円の寄付ができたのは、妻のおかげでもあるのです。震災の直後でもあり、自宅には家族みんなが集まっていました。そこで私が茨城県に1000万円を寄付するという話をすると、家族全員に怒られて大反対されました。水戸市にあるパチンコ店が被害を受け壊滅状態でしたから、それどころではないだろうと。しかも1000万という大金を寄付するなんて、何を考えているのですかと。その1000万円があるなら、パチンコ店の改修に当てることが先だろう、と言われました。

確かにそのとおりなのです。でも水戸市内でパチンコ店の営業ができたのは、水戸市と水戸市民があってこそです。ならばまずは水戸市のために、水戸市民のためにお役に立つことが先だろうと思ったのです。家族全員から反対されている中で、助け舟を出してくれたのは妻でした。「あなたが決めたことなら、それはやったほうがいいのではないですか」と、言ってくれたのです。

妻のこの一言で「お母さんがそう言うなら」という雰囲気になり、子供たちも黙って納得してくれました。ここで妻が「やめなさい」と言っていたら、1000万円という大金の使い道を、私だけの意思で通すことはできません。それこそ、家庭不和になってしまいます。妻にはこれまでもいろいろと苦労をかけてきて感謝をしていますが、この時の助言は本当に嬉しかったですし、有り難かった。今でも妻には感謝しています。

私は子供の頃に貧乏で苦労をしているので、本当にまわりの人に助けられ、お世話になってきました。だから人に対する情愛が3倍ぐらい強いのかもしれません。日頃、茨城県民、水戸市民の方々にはお世話になっているので、少しでも恩を返したい、役に立ちたいと思いました。〝生きたお金〟といいますか、真心といえばいいのでしょうか。茨城県民の皆さんも、水戸市に店を構えている一企業が、水戸市の復興のために1000万円を寄付してくれた、協力してくれたという姿勢を見れば、ほんの少しだけでも心が温まるのではないかと思ったのです。

壊滅状態だった茨城県は、陥没した道路なども修復され、思ったよりも早いスピードで復興が進みました。私も茨城県で商売をしている身なので、この早い復興にはたいへん助かり、感謝しました。少しでも私の寄付したお金が復興のために生かされたのであれば、こんなに嬉しいことはないと思っています。

新型コロナウイルス対策では医療機関を支援

世の中には予想もしなかったようなことがある日突然、起こるものです。2020年から世界中で大流行となった新型コロナウイルス感染症の感染拡大もそうです。感染を防ぐために人と人とが距離を取る〝ソーシャルディスタンス〟などという言葉が生まれ、マスクをしなければいけない生活が来るとは、夢にも思いませんでした。

2020年4月。新型コロナウイルス感染症の感染が一気に広がりだすと、感染予防のためにはマスクが必要だと報道されるようになりました。そのため需要が供給を上回り、マスクが足りない状況が続きました。

私は韓国の大学の友人からマスクを手配することができたので、会社の従業員のために大量のマスクを用意しました。ところが、新型コロナの感染が拡大すると、東京都には「緊急事態宣言」が出され、飲食店は休業せざるを得なくなりました。私どものカラオケルーム『747』、個室居酒屋『隠れ野』、イタリアンレストラン『金のイタリアン』も休業するしかありませんでした。

こうした予想もしていなかった状況になってしまったため、従業員のために取り寄せたマスクも使うあてがなくなってしまったのです。事務所にただ置いておいても仕方ありません。これをすぐに役立てることはできないかと思いました。

私は日本赤十字社の会員でもあります。さっそく連絡を取り、日本赤十字社・東京都支部に4000枚のサージカルマスクを寄付しました。医療従事者の方のマスクも入手困難が続いている時期でしたので、たいへん感謝されました。大変な激務を送っておられる医療従事者の方々のお役に少しでも立てたなら、嬉しいことだと思っています。

新型コロナウイルスの感染拡大はなかなかおさまらず、新宿の街もネオンが消え、これまでとは程遠い日常が続きました。そんな中、医療従事者の方々が必死にお仕事をされているにもかかわらず、コロナ感染症の患者さんの治療にあたっていることで、いわれのない誹謗中傷を受けたりしていました。こういったニュースなどを聞いていると、なんとか医療従事者の力になれないか、士気を高めるお手伝いができないかと考えるようになりました。

そこで、かねてから親交のあった新宿区議会議員で新宿日韓親善協会の副会長である下村治生《しもむらはるお》先生に相談しました。医療現場では財政の厳しい状況が続いているとのことでしたので、私が長年お世話になっている新宿区にあり、コリアンタウンからも近い場所にある都立大久保病院に１０００万円の寄付をすることにしました。新型コロナウイルスの治療に役立てていただければと思ったのです。

私は常々、事業で得たものを地域に還元したいと思ってきました。東日本大震災で大きな被害を受けた茨城県に寄付をしたのも、私が生まれ育った場所であり、商売をさせていただいている地域だからです。新宿も同じく、私が50年以上に渡って商売をさせていただいている場所だからです。

私がこの書籍を書いている２０２２年の夏現在、まだコロナ禍の終息には至っていません。おさまるどころか、新型コロナの感染拡大「第7波」により、日本は新型コロナ感染者数が世界最多の国となってしまいました。医療機関が逼迫しているというニュースを耳にするたびに、その状況が少しでも良い方向に向かうように、お力になりたいと思ってきました。また8月初旬には各地で局地的な集中豪雨に襲われ、被害が出た地域も多くあります。こうした被害を受けた方々への救援にも役立ててほしいという思いから、日本赤十字社・東京都支部へ１０００万円の寄付をしました。

また、30年ほど前から従業員に「ひとり３００円寄付」を呼びかけ、日本赤十字社やユニセフなどに寄付をしてきました。こうした活動も地域社会に奉仕、貢献できる企業として、微力ながらお役に立てればとの思いから続けてきました。

まだまだ出口の見えない新型コロナの感染状況ですが、一日も早く以前のような日常がこの新宿にも戻るようにと、強く願わずにはいられません。

児童養護施設で暮らす新成人のお祝いのために「金嶋昭夫基金」を設立

ここ数年、子供への虐待のニュースをよく耳にするようになったと感じます。私はそのような事件が起こるたびに、心を痛めています。

私は酒ばかり飲んで働かない父と、子供たちを育てるためにひとりで必死に働く母のもとで育ちました。そんな貧しい暮らしに疲れ果てた母が、一家心中を図ろうとしたことは、冒頭でもお話しさせていただきました。あの時に母が思い留まってくれなかったら自分は死んでいたかもしれない。母だけ死んでいたら、母が働くのに疲れて育児を放棄してしまったら、自分は養護施設で育っていたかもしれない。そう思うと、同じような境遇で育つ子供たちにできる支援はないだろうかと、常々考えてきました。

とはいえ、考えているだけでは行動には移せません。都立大久保病院に新型コロナウイルス対策のために寄付した件でも相談に乗っていただいた新宿区議会議員の下村治生先生に、養護施設の子供たちの役に少しでも立てないかと、新宿区にそのような養護施設はないかと、相談をしました。私の相談を受けて下村先生が見つけてくださったのが、新宿区中落合にある児童養護施設の「あけの星学園」です。

「あけの星学園」は日本で唯一、中学生と高校生を対象にした児童養護施設で、高校卒業後、上級学校への進学や就職や社会訓練など、利用者一人ひとりにあった自立支援を行っています。また、義務教育終了後、様々な理由で家庭にいられなくなってしまったり、児童養護施設などを退所したことで働かなければいけなくなってしまった15～20歳までの方たちが暮らす、日本で初めての「自立援助ホーム」も営んでいる施設です。私はさっそく「あけの星学園」を訪問して見学させていただき、すぐにでもここで暮らす子供たちの役に立ちたいと思いました。

何をしてあげたらいちばん役に立てるのかと考えました。いろいろと考えを巡らせ、家庭の事情で両親から離れてひとりで「あけの星学園」で暮らしている子供たちが成人となる時に、お祝いをしてあげることができたらいいのではないかと考えました。両親の愛情を受けることができなかったとしても、両親に捨てられたとしても、自分に愛情を注いでくれる人はいるのだと、決して社会は自分を見捨てはしないんだと。そんなふうに考えてほしいと思ったからです。

「あけの星学園」の話を詳しく聞けば、「あけの星学園」からは、毎年、20人ぐらいの方が成人を迎えて卒園するといいます。「新成人お祝い金」として、おひとりに5万円を送るとすると1年で100万円かかります。それを10年続けたら1000万円になります。

そこで1000万円を「金嶋昭夫基金」として「あけの星学園」に寄付して、毎年、新成人の方に渡していただきたいと考えました。一時のものではなく、10年、20年と継続して「新成人お祝い金」を続けていただくということで、話がまとまりました。こうして「金嶋昭夫基金」は2022年4月、「あけの星学園」への寄付からスタートしました。

自分が成人式を迎えた時に、5万円のお祝い金をいただける。社会も守ってくれるのだと思ってくれれば、頑張って努力する基礎になると思うのです。昔の私のように、社会に出たら精一杯努力をして、成功するのだと思ってほしい。スポーツでも技術的なことでも何でもいいのです。愛情を注いでもらったことが心に刻まれれば、将来、心の支えになるのではないかと思ったのです。

この「金嶋昭夫基金」は、まずは50年以上お世話になっている地域の新宿から始めました。来年（2023年）は私が生まれ育ち、今も商売をさせていただいている茨城県で始めようと思っています。同じような養護施設を探して1000万円を寄付し、「新成人お祝い金」として活用していただければと思っています。自分がお世話にな

児童養護施設で暮らす新成人お祝いのために「金嶋昭夫基金」を設立。
2021年は東京・新宿区の「あけの星学園」に1000万円を寄付。

った地域社会に、まずは恩返しを。多くの人に対する「恩送り」をしていきたいと思っています。

私は「金嶋昭夫基金」を1年に1箇所ずつ増やしていきたいと考えています。まずはご縁のある地域から始め、いずれは全国展開をしていけたらと思っています。自分も養護施設で育ったかもしれないと思うと、今、困難な環境の中で暮らしている子供たちが、どうしても他人ごとには思えないのです。

私のように、「クソっ、負けるもんか」という心意気で逆境をはねのけ、力強く負けることなく育ってほしい。

いずれは日本の社会に貢献できる人間になってほしいと思っています。私が寄付したお金がそのために少しでも役立ってくれるのなら、こんなに嬉しいことはありません。

私はこのような社会貢献活動を、もっともっと広げていきたいと思っています。

故郷への寄付と〝父恋し〟の想い

私が生まれたのは日本の茨城県・下館町（現・筑西市）ですが、父が生まれたのは韓国の南部にある慶尚南道《キョンサンナムド》にある晋州《チンジュ》市です。釜山《プサン》からは車で約90分ぐらいに位置し、高麗《こうらい》王朝以来の古都として知られ、歴史的な文化遺産なども多くあります。自然もたいへん豊かで、市内には山紫水明の観光地として有名な晋州湖や、南江が流れています。また、市内には国立大学を含む６つの大学があり、学術や研究が盛んな都市でもあります。

この父の生まれ故郷である晋州市出身の方々が、戦後の混乱期に日本で発足された

「晋州郷友会」という会があります。私は25年ほど前より諸先輩方から引き継ぐ形で、晋州郷友会の会長を務めています。晋州市では毎年10月に、韓国で最大の芸術祭である「開天芸術祭」が行われます。晋州郷友会では40年以上前から、この時期に合わせて故郷訪問を実施しています。

今から20年ほど前の２００３年９月に台風14号が韓国の東南部を襲い、１００名以上の死者と十数名の行方不明者を出しました。父の故郷である晋州市も、甚大な被害を受けました。私は当時、慶尚南道道民会会長でもあったので、民団の中央本部を訪れ、義援金１０００万円を寄付しました。

10月には「開天芸術祭」に合わせて晋州市を訪問したので、晋州郷友会のメンバーと共に、被災地の視察にまわりました。毎年、美しい自然美で私の心を癒やしてくれていた故郷は、かなりの被害を受け、まるで違う景色になっていました。特に、農家が一生懸命作った農作物が全滅しているのを見た時には、言葉が出ないほど心が痛みました。

私はすぐに故郷へ寄付することを決め、晋州市の市長に１５００万ウォン（日本円で約150万円)、社会福祉施設である「ハンウルタリ会」、「腎臓協会」、「ボリスドンサン」の三施設に、1500万ウォンなど、合わせて3000万ウォンを寄付しました。今は美しい風景を取り戻していますが、この故郷への寄付が、私が社会貢献活動を続けていきたいと強く思った最初の出来事かもしれません。

私は晋州郷友会の会長として、毎年10月に晋州市を訪問しています。そのたびに必ず、低所得者の方々や身体障害者の方々、あらゆる恵まれない方々や養護施設などに、晋州市の市長を通して寄付を行ってきました。寄付したお金は市を通してこうした施設などに渡していただき、役に立ててほしいとお願いしてあります。

晋州市を訪問するたびに500万ウォンほどを寄付してきたので、総額では1億5000万ウォンぐらいになるかと思います。先ほどお話しした日本の「あけの星学園」で暮らす子供たちのための寄付のように、故郷でも私の寄付したお金が少しでも困っている方々の手助けになっているのであれば、本当に嬉しいことだと思っています。

この毎年の晋州郷友会の晋州市への訪問は、私が故郷に帰るということのほかにも、大きな楽しみがあります。それは日本に住んでおられる晋州市出身のお年寄りの方々十数名ほどを一緒に連れて帰ることです。高齢で体力的なことや経済的なことで故郷に帰るのが難しい方のお手伝いを私が率先して行っているのです。この〝故郷《さと》帰り〟を始めて25年ほどになりますが、今では私の大切なライフワークのひとつになっています。

何度もお話ししてきましたが、私の父は私が高校2年生の時に病気で他界しました。不思議なもので、仕事もせずに家で酒ばかり飲んでいる父ではありましたが、まったく憎しみや恨みといったものはないのです。逆に今の私があるのは、ずっと貧困な家庭で育ってきたために生まれたコンプレックスや、絶対に人に負けたくないという闘争心が生まれたからではないかと思うのです。

もちろん若い頃は私も子供だったので、父を恨んだ時もありました。でも歳を重ねたこともあり、〝父恋し〟の想いが非常に強くあります。あんな父でも、当時のことを懐かしく思い出すのです。

私が晋州市にお連れしている方々は、年齢は80歳を過ぎている方々がほとんどなので、自分の父の姿と重なることが多くあります。ですから、私は父を故郷に連れて行っているような気持ちで、同行される方々に接しています。私は父には叩かれてばかりで愛情を注いでもらった思い出がないもので、父親の愛情とはこういうものなのかと……。なんとも言えない優しい気持ちになるのです。

皆さんは私の父とは正反対で、とても優しく、私に対しても息子のように愛情を持って接してくれます。そんな方々が「この川で泳いだ」とか「ここでみんなで鬼ごっこをして遊んだ」とか、そんな昔話を懐かしそうに話してくださる姿を見ていると、まるで父と話しているような気持ちになるのです。私は皆さんの話を聞くこのひとときが大好きです。

晋州市もとても喜んでくださって、毎年、私たち一行を歓待してくれます。皆さんも自分たちが故郷に帰ってきたことをこんなに喜んでくれるとはと、とても嬉しそうにしていらっしゃいます。費用は3分の1だけ皆さんからいただいて、残りの3分の2は晋州郷友会で負担し、その一部を私が負担しています。

皆さんにはいつも感謝の言葉をいただくのですが、感謝をしているのは私も同じです。私の心の中にある〝父恋し〟の想いが、ずっとこの行事を続けさせてくれているのです。これからも、この〝故郷帰り〟を続けていきたいと思っています。

故郷への寄付や祖国のために尽くしたことが認められ、晋州市名誉市民賞の受賞と冬柏章の授与、名誉経営学博士の学位を取得

私はお話ししたように、毎年訪問している晋州市への寄付のほかにも、祖国のために尽力してきました。中でも、日本で唯一の韓国政府公認の民族団体である「在日本大韓民国民団」での活動には力を入れてきました。民団東京・豊島支部を皮切りに、東京本部、中央本部などの副団長などの要職を33年間務め、現在は「みんだん生活相談センター」の所長を務めています。

こうした活動が在日同胞と祖国のために尽力したと認められ、2016年、栄えある勲章である「冬柏章」を授与されました。これまでの活動が認められて評価いただいたことはとても嬉しく思っています。気持ちを新たにし、今後も尽力してまいりた

いと思っています。

「冬柏章」をいただき、これからも社会貢献を続けていくぞ、と決意した翌年となる2017年、また嬉しい知らせが私のもとに届きました。お話ししたように、毎年、父の故郷である晋州市に、晋州市で生まれた方々やそのご家族をお連れしています。そのたびに晋州市に寄付をしてきた功績が評価され、第17回晋州市名誉市民賞を受賞しました。日本で生まれ育った在日2世としては、初めての受賞でした。有難いことに2022年10月には、晋州市の名誉を高めるとともに国際交流の発展に貢献したということで、名誉市民の称号をいただきました。

私がこれらをいただけたのは、晋州市出身で日本で生活をしてこられた1世の先輩方のおかげだと思っています。皆さんが本当の父親のように温かくわかりやすく故郷の話をしてくれたから、この行事を続けてくることができました。私はこの栄誉を、今までご一緒してきた1世の方々に捧げたいと思います。また今後も皆さんの豊かな心を忘れずに、微力ながら晋州市の発展に尽力したいと思っています。

そして、嬉しい知らせは続くものです。私が名誉市民賞をいただいた時、市内で表彰式が行われました。その式典には3万人ほどの市民の方がいらしたのですが、その中に国立慶南科学技術大学校の金南京総長がいらしたそうです。この時に、受賞理由となった私が長年行ってきた晋州市への寄付の話を聞いて、「この人だ」と思ってくれたようです。

光栄なことに、2019年の2月、これらの功績が評価され、私は慶南科学技術大学校で名誉経営学博士の学位を取得しました。この名誉博士の学位を取得したのは慶南科学技術大学校の109年の歴史上、国内外を合わせても私が初めてとのこと。あまりに恐れ多いので、最初にお話をいただいた時は、正直、辞退させていただきたいとお伝えしました。

でも慶南科学技術大学校は私立ではなく国立の大学。韓国政府の文部省にも第1号の名誉経営学博士ということで許可を取っているので、もう辞退はできませんよ、ということでした。たいへん名誉のあることですので、厳粛な気持ちでいただくことにしました。

さらにこの〝出会い〟がきっかけで、名誉総長を委嘱されました。海外在住者が名誉総長に委嘱されるのは、１０９年の伝統を誇る大学の歴史上、初めてのことだそうです。

こうしたご縁と、慶南科学技術大学校と日本とのご縁もあり、大学発展のための基金として1億ウォンを寄付しました。慶南科学技術大学校と日本のご縁というのは、韓国が日本統治時代だった頃に遡ります。１９２５〜１９４５年まで、慶南科学技術大学校の前身である晋州公立農業学校の校長を務められた今村忠夫氏は韓国を去られる時に、退職金の全額を学校の図書支援費として寄付されました。

この遺志はご子息にも引き継がれ、今村氏がお亡くなりになった後も、慶南科学技術大学校に寄付をしているそうです。大学は今村氏の志を継ごうと「今村奨学金」を設立。その後、韓国で暮らす今村氏の教え子たちは彼の故郷である高知県土佐市を訪れ、感謝と追悼の意を込めた碑を建立したそうです。

私はこの今村氏と韓国の教え子たちを結んだご縁のあるお話を聞いた時に、とても感動しました。同時に、日本で事業をしている立場として、日本と韓国の架け橋になりたいと強く思ったのです。冷え切ってしまっている韓日関係を少しでも改善するためにも、この韓日の師と教え子による「恩恵の話」を広めたいと思いました。

そして晋州市は私の父の故郷でもあります。私が暮らす日本と深いご縁がある大学が父の故郷にあるということにも、特別なご縁を感じています。１０９年続く慶南科学技術大学校の発展に少しでも力になりたい、お役に立ちたいという気持ちで、寄付をさせていただきました。

この大学発展のための基金は、奨学金、図書拡充、教育施設、学術研究などの人材育成と、大学発展のために役立てていただけるとのことです。私自身が45歳を過ぎてから大学に入学して学んだこともあり、家庭の事情で大学進学を諦めた人も、長い人生のどこかで学ぶことができればいいと考えています。そんな人たちに役立つように使っていただければ、こんなに嬉しいことはありません。

私は晋州郷友会の活動として、日本で暮らす晋州市出身の方々を故郷にお連れするたびに、晋州市にコツコツと寄付をしてきました。そのことが評価され、晋州市名誉市民賞や、慶南科学技術大学校の名誉経営学博士の学位をいただけたわけです。

この行事を続けてくることができたのは、何度もお話しするように、父親のように接してくれた晋州市出身の皆さまのおかげです。温かく、優しく故郷の話をしてくださるので、私は父と〝故郷帰り〟をしているような気持ちになり、毎年、晋州市に帰ることを楽しみにしてきました。皆さんとの出会いがあったから、続けてくることができたのです。

晋州市名誉市民賞をいただいた表彰の式典に慶南科学技術大学校の金南京総長がいらしていて、私の行いを聞いてくださったから、109年の慶南科学技術大学校の歴史上、初めてとなる名誉経営学博士の学位を取得することができたのです。

晋州市の名誉市民賞も、慶南科学技術大学校の名誉経営学博士の学位も、決して欲しいと願っていたわけではありません。晋州市出身の皆さん、慶南科学技術大学校総長との出会いがあったからこそ、いただくことができたのです。やはり人との出会いは大切です。人生の一期一会が、すべてのことにつながってくるのです。

そして、コツコツと努力をしていることを、人は、社会は、神様は見ていてくれるものなのです。私は冬柏章も名誉市民賞も名誉経営学博士の学位も、私の社会貢献活動に対する、神様のプレゼントだと思っています。晋州市に対しても、慶南科学技術大学校に対しても、このプレゼントを糧にして、より一層、貢献してくださいという、神様の啓示ではないかと思うのです。私はこの3つの名誉に恥じないように、一層、努力をしていきたいと思っています。そして韓日関係の架け橋として、最善を尽くしていきたいと思っています。

在日3、4世の子供たちが祖国で学ぶ「オリニジャンボリー」

民団が主催する夏の一大イベントに「オリニジャンボリー」というものがあります。これは日本で暮らす在日韓国人60万人の中で、小学校4年生、小学校5年生、小学校6年生の各学年から参加者を募り、約300名ほどを母国である韓国に4泊5日ぐらいの日程で連れて行きます。2001年から民団が青少年育成のために行っている事業の一環で、私は2012年に初めて引率団長を引き受けて以来、4回連続で引率団長を務めています。

ソウル市内や近郊でスタンプラリーを行ったり、小学校へ出向いて同年代の子供たちと交流したり、発展している観光地を見てもらったり、美味しい食事をしたり、ロッテワールドを楽しんだり。最終日には「キッズ大パーティー」と題して、班対抗のダンス大会やキャンプファイヤーを催します。

子供たちの安全を守るために、引率は100人態勢で臨みます。引率者は青年会や学生会の現役メンバーがメインとなりますが、過去の「オリニジャンボリー」に参加した子供たちが引率者に志願して参加してくれたりもします。「オリニジャンボリー」から育った子供たちが成長して、自分たちの後輩にあたる子供たちのために戻ってきてくれたと思うと、とても嬉しく、頼もしくもあります。

参加する子供たち、引率者を合わせると、約500人ぐらいの大所帯になります。基本的に旅費の3分の1を参加する子供たちが払い、残りの3分の2は民団で負担するのですが、それでは足りません。そこで私も含め、友人や有志の方々、協力企業にも寄付をお願いして、1000万円ほどを集めます。その寄付金を含めた予算で「オリニジャンボリー」を開催しています。

子供たちは初めて会うので、2日目ぐらいまではよそよそしく、ホームシックにかかる子供も少なくありません。でも3日目ぐらいからは団結力が深まり、友情が生まれます。毎回、最後の夜に開催する「キッズ大パーティー」では、ほとんどの子供たちが涙を流し、別れを惜しむのです。

人生は一期一会。それは子供の頃の出会いも同じです。母国にもたくさん友達を作って、日本に帰ってからも交流を続けてほしいと思っています。そして参加者は北海道から沖縄まで全国津々浦々なので、この出会いを大切に、日本で暮らす同胞として友情を育んでいってほしいと願っています。

私がこのイベントを大切に思い、引率団長として参加しているのは、次世代育成のための事業であるからということと、自分の幼少時代を思い出すからなのです。子供たちを母国に連れて行き、楽しく遊んだり、美味しそうに食事をしている姿を見ていると、自分の分身が仲間たちと楽しく過ごしているような錯覚に陥ります。まるで自分が小学生の頃に、タイムスリップしたような気持ちになるのです。

私が小学生の頃は生活に窮していたので、こんなに楽しく友達と遊ぶこともできな

毎夏、在日韓国人の子供たちを母国に連れて行く民団主催のイベントで引率団長を務める。

かったですし、美味しい食事どころか、お腹が空いてもご飯を食べることすらできませんでした。でも、美味しそうに食べている子供たちの姿を見ていると、あの頃の私が美味しそうに食べているような気がしてくるのです。だから私も子供たちの中にいると、とても楽しい。たいへん気持ちが明るくなるのです。

私自身も在日1世の

方々から多くのことを学び、それが人間形成につながってきたと自負しています。私は2世として、3世や4世の子供たちにそうしたことを伝えていきたいと考えていますし、次世代のために尽くすことが使命だと思っています。当時の自分と同じ年代の子供たちに、私が経験できなかった多くのことを経験してもらいたい。そして多くの貴重な体験をすることで、自分が成長する過程での宝にしてほしいと願っています。

私自身も「オリニジャンボリー」に参加することで、子供の頃に戻ったような気持ちになりとても楽しくなります。そしてそんな気持ちが「よし、明日からまた頑張るぞ」という、大きな原動力になっているのです。

全国体育大会とスポーツ選手育成基金

日本も含めて、世界各国で暮らしているスポーツ選手たちが韓国に集まり、居住している国ごとで試合を行って競う「国体」というスポーツ大会があります。競技種目はサッカー、ゴルフ、ボウリング、テニス、スカッシュ、卓球、テコンドー、水泳、柔道、射撃です。韓国以外に住んでいる韓国人の選手たちを招待して、これらの競技を国ごとで勝負します。年に1回、10万人ほどを収容する大きな競技場で開催され、大統領も参加します。とても盛大な国民行事で、オリンピックに匹敵するぐらいに盛り上がります。

私はこの「国体」の日本の引率団長を2回ほど務めました。選手の皆さんが日々、練習に勤《いそ》しみ、鍛えていた技量が十分に発揮できるようにサポートをするのが、引率団長の役目です。日本から参加した選手は75人ほど。総合的な結果で優勝、準優勝、3位と決まるのですが、私が引率団長を務めた2回は見事に優勝を果たしました。

10万人の観衆からの大きな拍手と声援を受け、選手団全員で喜びを爆発させました。表彰式で優勝トロフィーをいただけるのですが、選手が一致団結しての結果です。この時は本当に嬉しかったです。

毎年行われる「国体」に参加する選手は75人ほどですが、監督やコーチ、スタッフなどを合わせると１０８人ほどになります。この１０８人の日本チームの渡航費などの旅費がどうしても足りなくなるので、寄付を募ったりします。私も1000万円ほど寄付をしました。ここで集めた寄付金を、選手の育成のためになんとか役立てる方法はないかと考えました。集めたお金も2000万円ほどになりましたので、私が「選手育成基金」を設立して、選手の発掘や育成に役立てることにしました。

この「育成基金」が実を結んだのが、2021年に開催された東京オリンピックです。柔道の73キロ級で出場した安昌林《アンチャンリム》選手が、見事、銅メダルを獲得しました。彼は京都で育った在日3世です。これまでも世界大会で優勝を飾るなどの実力の持ち主でしたが、「育成基金」の援助を受けて練習を積んで育ってきた選手でもあります。彼が銅メダルを獲得したことは、私としても「育成基金」に協力をしてくださった方々にとっても、たいへん誇らしいことです。今、練習に励んでメダル獲得を目指している多くの選手たちにも、彼の後を追い頑張ってもらいたいと思っています。

スポーツ選手の発掘は練習環境を整えたり、遠征を行ったりと、ものすごくお金がかかります。メジャーなスポーツだとスポンサーなどが付く場合もありますが、アマチュアスポーツの場合はスポンサーなどの協力を得ることは非常に厳しく、ほんの一部に限られてしまいます。いくら素晴らしい実力を持っていたとしても、個人のお金だけでは限界があります。立派な選手を発掘して育成する、スポーツ界のスター選手を育てるためには、こうした基金の援助が必要だと思っています。

そうした意味でも、安昌林選手の銅メダル獲得には大きな意味があると思っています。「育成基金」を活用して、どんどん優秀な選手を発掘して、育成に力を入れていただきたい。しばらくは大丈夫だと思いますが、資金が足りなくなったら寄付での補塡も考えています。

生まれつき持った特別な才能があるのに、恵まれない家庭で育ったためにその力が発揮できないということは、絶対に避けなければいけないことです。私が貧困な家庭で育ったので、なおさらそう思うのです。

私自身も2回の引率団長を務めさせていただいた経験で、スポーツの素晴らしさ、チームが一致団結する素晴らしさを体験させていただきました。これからも在日3世、4世がスポーツで活躍できるよう、またその才能を埋もれさせることがないよう、お役に立てることはどんどん積極的に続けていきたいと思っています。

第六章　恩送りの人生

いちばん大事にしている信念は「誠実であること」

私のこれまでの人生を振り返ってみると、本当に言葉では言い尽くせないような貧困の中で育ち、幼い頃には母が無理心中をしようとするのを必死に止めるという経験をしました。その翌朝、畑の中の道で拾った数枚の泥だらけの千円札が、私の人生を変えてくれたと思っています。このお金は神様が私にしっかり生きなさいと、この恩を忘れずに社会貢献をしなさいと、私にプレゼントしてくれたものだと思っています。

そして社会に出て、ひとつのご縁で妻と出会いました。妻と出会ったことをきっかけに起業をして、今日まで事業を伸ばしてきました。これまで会った方々には言葉では言い表せないほどの感謝をしています。

私が事業を広げていく中でいちばん大事にしてきた信念は、誠実である、嘘をつかないということです。事業を発展させるためには、人と人との関係がとても大切です。人間は公明正大に生きていくべきだと思いますし、その人の人間としての誠実さがいちばん大切だと思っています。

私は『後漢書・楊震《ようしん》列伝』に出てくる「天知る地知る我知る人知る」という言葉が大好きです。自分が正しいか、正しくないかは、天も地も知っているということ。悪いことをしていればそれは自分がいちばん知っていることですから、自分自身が恥じる生き方をしない。誠実に生きることが、私のいちばんの信念です。

誠実であれば、人に対しての感謝の心や、気遣いや思いやりというものが生まれてきます。誠実であれば、そのような気持ちは相手に伝わりますが、不誠実な人間にいくら感謝をされても、相手にその心は伝わらないものです。

特に商売をする上では、嘘をつかない、相手に対して誠実でいることは、とても大切なことです。先ほどの「天知る地知る我知る人知る」です。自分では相手にわかっていないと思っていても、相手にはすべて知られているのです。私は嘘をつくのがとても苦手で、ちょっとした嘘もすぐに妻に見破られるほどです（笑）。私は常々、誰に対しても誠実な人間でありたいと思っています。

そして、前の章でもお話ししてきましたが、人間はコンプレックスがあったほうがいいということです。私は結果的にはすべてがコンプレックス。貧困な生活を送ってきたこともコンプレックス、大学に進めなかったこともコンプレックス、字が上手に書けなかったこともコンプレックスです。

でも、それらのコンプレックスがあったおかげで、母を楽にしてあげたい、妻を〝社長の奥さん〟と呼ばれるようにしてあげたいとの一心で起業しました。勉強をして46歳で大学に入学しましたし、習字も習い、今では大きな半紙に毛筆で立派な字が書けるようになりました。これはすべてコンプレックスがあったからです。

コンプレックスはマイナスに考えがちですが、それでは人生は終わってしまうのです。負けてたまるかという意志を強く持たなくてはいけないのです。負けたくないという〝心の原資〟がないと、あらゆるものが生まれません。

負けてもいいと思ってしまったら、向学心も生まれませんし、そこで終わってしまいます。負けたくないという闘志がないとだめなのです。そして負けたくないではなく、負けたらだめ。勝たなくてはいけないのです。

私はコンプレックスのない人間はいないと思っています。コンプレックスをバネにして、やる気を起こす明日のエネルギーに変えていかなければいけないのです。私は決して顔には出しませんが、いつも心の中で闘志を燃やしています。負けるもんかと、強く思っています。

この原資は、幼少の頃の経験。貧困な家庭で育ち、父が酒を飲んで働かずに家にいて母がひとりで必死に働いている姿です。この経験こそがコンプレックスで、今の私の心の支えであり、パワーになっています。決してコンプレックスをマイナスに考えることはない。コンプレックスはあったほうがいいと、前向きに考えればいいのです。

私の幼少の頃のことを話すと「ご苦労されましたね」と、よく言われます。確かに貧困な生活を思い出すと決して恵まれた暮らしではありませんでしたが、苦労したとは思っていません。これまでの人生で、楽しかったことも、死ぬほど辛い思いをしたことも、決して無駄ではない。一日、一日、無駄な日はないと思っています。そしてすべてがこれまで生きてきたパワーになっているので、苦労したとは思っていません。人から見たら「苦労した」ということになるのだと思いますが、逆に「苦労した」という意味がわかりません。

私はなんでも前向きに、ポジティブに捉える性格なので、なおさらそうなのかもしれません。コンプレックスに負けて、自分に負けて、投げやりになったり卑屈になったりしたら、人生はそこで終わってしまいます。決して腐ってはいけないのです。人間は皆、平等に幸せになるためにこの世に生まれてきています。幸せになることを放棄したら負けなのです。コンプレックスはあったほうがいい。私はそう思って生きてきました。そんなふうに考えれば、生き方が少し前向きに、楽になるかもしれません。ぜひコンプレックスに負けそうになった時には、そんなふうに考えてみてください。

これからの人生は「恩送り」を

私はこれまで、本当に多くの方と出会い、金融機関さんにも助けられてきました。そのおかげで、ここまで企業を大きくし、営んでくることができました。助けてくださった方々、私にチャンスを与えてくださった方々に、少しずつ恩返しをしていきたいと思っています。

「恩返し」とは特定の方に恩を返すことですが、多くの方々、社会に恩を返していくことを「恩送り」と言うそうです。私はこの「恩送り」という言葉の響きを、とても気に入っています。

私も77歳となり、これからの人生を考えた時に、自分ができる限り、社会貢献に取り組み、社会に「恩送り」をしていきたい。そう、強く思っています。

前の章でお話ししました新宿区にある児童養護施設の「あけの星学園」への寄付も、私が商売を始めてから半世紀近くお世話になってきた新宿区に、何か恩返しがしたいと思ったからです。来年は私が育った故郷でもある茨城県にある児童養護施設に、同じように寄付をしたいと思っています。

この「金嶋昭夫基金」を毎年続け、1年に1箇所、寄付する児童養護施設を増やし、いずれは全国に広げたいと思っています。これは私のように貧困な家庭で育っても、社会は決して見捨てたりしないのだと思ってほしいから。自分の境遇に負けないでほしいからなのです。これも大事にしていきたい「恩送り」です。

また、父の故郷である晋州市には、毎年、晋州郷友会の活動として、日本で暮らす晋州市出身の方々を故郷にお連れしています。そのたびに必ず、あらゆる恵まれない方々や養護施設などに役立ててほしいと、晋州市の市長を通して寄付を行ってきました。私が生まれたのは、父と母がいたからです。その父の故郷で暮らす、私と同じように貧困な生活を送る恵まれない方々に少しでも役立ててほしいという思いから、寄付を始めました。晋州郷友会の活動として晋州市を訪問している間は、こういった寄付も続けていきたいと思っています。これも「恩送り」です。

私が冬柏章をいただいたことも、晋州市の名誉市民賞をいただいたことも、慶南科学技術大学校の名誉経営学博士の学位をいただいたことも、神様が私に「もっともっと社会貢献をしなさい」と言っているからだと思うのです。

歌手という立場も、実業家だけではなく歌手という立場を手にしたことで、講演などを聴きに来てくださる方々を、より一層、喜ばせることができるようになりました。私は人を喜ばせることが大好きです。歌手という立場は、そのために神様がプレゼントしてくれたものだと思っています。決して私を有頂天にさせるためのものではなく、もっと社会奉仕活動がしやすくなるようにと、神様が与えてくれたものだと思うのです。

私はこれまで、事業がとてもうまく進んでも慢心することは一度もありませんでした。慢心と謙虚さがなくなってしまうことは、自分にとっていちばんの敵だと思っているからです。社会にはいろいろな考えがあり、そこにはどうしても妬《ねた》みや恨みがでてきてしまうものです。でも常に慢心することなく謙虚さを忘れなければ、人生に失敗することはあまりないように思います。

慢心することなく謙虚でいれば、人への感謝の気持ちも忘れないと思うのです。私は常に、多くの方々に支えられて生きています。その方々に対する感謝の念は、一時のものではなく、3倍も4倍も強く持たなければいけない。そう自戒していけば、人に対する感謝の気持ちや気遣いや思いやりは、自然に出てくるものだと思います。私はこれからもこうした気持ちを忘れずに、お世話になった方々への「恩返し」を、私を育ててくれた社会への「恩送り」を続けていきたいと、強く、強く、思っています。

そして「貧者の一灯」を、生きている限り続けていきたいと思っています。
最後に私の大好きな永六輔さんの歌詞を書き留めておきたいと思います。

生きているということは誰かに借りをつくること
生きていくということはその借りを返してゆくこと
誰かに借りたら誰かに返そう誰かにそうして貰ったように
誰かにそうしてあげよう
生きていくということは誰かと手をつなぐこと
つないだ手のぬくもりを忘れないでいること
めぐり逢い愛しあいやがて別れの日
その時に悔まないように今日を明日を生きよう
人は一人では生きてゆけない誰も一人では歩いてゆけない

永六輔「生きているということは」

あとがき

貧しい幼少生活を送った私が21歳で起業。77歳の現在も、一事業家としてチャレンジを続けることができているのは、これまで多くの方々に助けていただいたからです。皆さまへの感謝の思いを新たにするとともに、私のこれまでの人生を振り返ってみました。

昭和の43年間の時代。

私は21歳の時に起業しました。ここが一企業家としての出発点となりました。多くの失敗を経験しながら、私自身の人物形成をし、仕事やプライベートでたくさんの方々と接しながら人間学を学んだ時代だと思っています。

平成の30年間の時代。

21歳での「起業」が時間を経て「企業」になったと思っています。事業の飛躍と、関わりのあった多くの方々から信頼と信用をちょうだいし、人間学を学んだ時代でありました。多くの方々に、ただただ感謝、感謝の時代でした。

令和の時代。

令和となって4年ですが、この先、30年のことを考えてみたいと思います。常に謙虚であり、企業として組織を構築し、社会への恩送りになるような人材育成に力を入れ、会社の財務体制の基盤を堅持していきたいと思っています。私自身としては、清廉潔白に正しく生き、品格を高め、健康維持に励み、無病息災で白寿を祝いたいと思っています。

そして家族、社員の幸せな人生を守り、慈善活動や社会貢献に取り組み、神様の思し召しとして、人を幸せにすることに尽力したいと考えています。人は誰しも幸せになるために生まれてきていて、人を幸せにするための活動に終わりはないと思っています。

こんなふうに考えられるようになったのは、「一期一会」の大切な人たちとの出会いからです。多くの方とのご縁をいただきましたが、人は一生のうちで、出会うべき人に必ず出会うと思っています。特に私がそう感じるのは、マルハングループの韓昌《ハンチャン》祐《ウ》会長様とのご縁です。韓昌祐会長様には多くのことを教えていただき、学ばせていただきました。このご縁に心から感謝しておりますし、心服いたしております。

もうひとつは、若い頃に多くの失敗を経験したことです。今でこそ、人生で必要な勉強だったと思えますが、当時はわからないことも多くありました。いくつもの失敗の中で私が学んだのは、「三気」が人間にとっていちばん大切だということです。

「三気」とは、「気配り」「気遣い」「気転」の3つの「気」です。自分の苦い経験からこのことに気付かされました。この「三気」を忘れず、常に謙虚である限り、人間は失敗することはないと思っています。

そして感謝の気持ちを忘れないことです。私は「以徳報徳」（『論語』）という言葉が大好きです。受けた善意に対しては善意で応じるという意味です。これまでに皆さまからいただいた善意には感謝の気持ちを忘れず、その恩を返していきたいと思っています。人から受けた恩恵に対しては、お礼、お返しをする。それが人生の道理だと考えているからです。私はこれらのことを念頭に置き、これまでの人生を歩んできました。

55年間、企業家として商売を続けてきた今、改めて思うことは「ノブレス・オブリージュ」ということです。これは19世紀にフランスで生まれた言葉です。「ノブレス＝貴族」と「オブリージュ＝義務を負わせる」を合成した言葉で、身分の高いものにはそれに応じて果たさなければならない社会的責任と義務があるという、欧米社会に浸透している道徳観です。

私も一企業家として、今まで助けていただいた方々への感謝と恩返しを続けていくとともに、社会への恩返しである「恩送り」を続けていきたいと思います。そしてひとりでも多くの方に少しでもお役に立てるように、社会貢献活動を続けていきたいと思っています。私自身が貧困な家庭で育ったという経験から、歳を重ねるごとに誰かのために生きてこそ、人生に価値があると思うようになりました。

最近では「人生100年時代」と言いますが、人生は常にこれから。老いは諦めた時に始まると思っています。晩年より一層、修行に努め、情熱を持って、人材育成のために燃え続けたいと思っています。

私がこの本を執筆している間に、京セラ株式会社の創業者で名誉会長である稲盛和夫氏が逝去されました。稲盛和夫氏は、常に自分を犠牲にしてでも他人を助けるという精神である「利他の心」を唱えていらっしゃいました。私はいつも稲盛和夫氏の「利他の心」をお手本として学ばせていただき、人間学を磨いてきました。心よりご冥福をお祈りいたします。

最後になりますが、この本を書くにあたって、結婚してから57年、愚痴のひとつも言わずに苦楽を共にし、いちばん近くで支えてくれた妻のみどりに、感謝の気持ちを伝えたいと思います。妻が「両親を捨ててあなたと一緒になる」と私のアパートにやってきたことが、私の起業のスタートとなっています。妻との出会いが、私に「起業する」という強い思いを呼び起こしてくれたのです。

温かい家族や孫にも支えられました。なんとか一冊の本にまとめることができたのも、家族の応援と励ましがあったからです。ここで改めて、妻と家族に感謝の気持ちを伝えたいと思います。

そしてこの本を作るにあたって尽力してくださった梅津肇さん、ライターの巴康子さんにも感謝を伝えたいと思います。

妬まない、恨まない、悔やまない。そして常に感謝の心を忘れない。これが私の信条です。人は歳を重ねただけでは老いない。諦めた時に老いが始まると思っています。これからもこの信条からぶれることなく、新たな人生にチャレンジしていきたいと思います。

二〇二三年三月吉日

金嶋昭夫

2022年６月12日の誕生日で77歳の「喜寿」を迎え、金嶋家全員で記念撮影。

著者略歴

金嶋昭夫（かねしま・あきお）

1945年６月12日生まれ。茨城県出身。21歳で起業し、日本で最初のカラオケルームとなる『747』を東京・池袋にオープン。現在は９店舗となった『747』のほか、『隠れ野』『金のイタリアン』などの飲食店経営、新宿界隈に15棟のビルを所有し不動産業を営む「金嶋観光グループ」の会長。2021年には76歳で『新宿しぐれ』を発売し歌手デビュー。事業家と歌手の二足の草鞋で活躍中。

JASRAC 出 2211111006-01

恩送《おんおく》りの人生《じんせい》

著者

金嶋《かねしま》 昭夫《あきお》

発行日

2023年3月30日

発行　株式会社新潮社 図書編集室

発売　株式会社新潮社

〒162-8711　東京都新宿区矢来町71

電話　03-3266-7124

印刷所　錦明印刷株式会社

製本所　加藤製本株式会社

ISBN 978-4-10-910248-3 C0095